Allitera Verlag

Marietta di Monaco, eigentlich Maria Kirndörfer, wurde am 14. März 1893 in München geboren. Aufgewachsen bei Pflegeeltern in Niederbayern, führte sie nach der Klosterschule einige Jahre ein Vagabundenleben. Später trat die Kabarettistin, Lyrikerin und Lebenskünstlerin im »Schwabinger Brettl«, im »Simpl« und anderen Kabaretts in Schwabing auf. Sie erlangte Berühmtheit als Dichtermuse und war eng befreundet mit Joachim Ringelnatz, Frank Wedekind und Klabund, in dessen »Marietta« (1920) sie eingegangen ist. Die Zeit als Millionärsbraut eines reichen Holländers war nichts als eine – wenngleich lukrative – Episode. Man traf Marietta nicht nur in München, sondern auch in Ascona, Zürich und Paris, wohin sie 1936 für drei Jahre emigrierte. Doch sie kehrte immer wieder zurück nach Schwabing, wo sie 1962 mit dem Kunstpreis geehrt wurde. Die einstige »Muse Schwabylons« starb am 19. Januar 1981 einsam in einem Münchner Altersheim.

edition monacensia
Herausgeber: Monacensia
Literaturarchiv und Bibliothek
Dr. Elisabeth Tworek

Die *edition monacensia* präsentiert ausgewählte Werke renommierter Münchner AutorInnen des 20. Jahrhunderts, deren literarische Arbeiten von der Monacensia – Literaturarchiv und Bibliothek betreut werden. Neben Neuausgaben vielgesuchter Bücher erscheinen Ersteditionen aus den Beständen der Monacensia, die von kompetenten Herausgebern eingeleitet werden.

Marietta di Monaco

Ich kam – ich geh

Reisebilder · Erinnerungen · Porträts

Mit Silhouetten von Ernst Moritz Engert

Allitera Verlag

Dieses Buch erschien erstmals 1962 im Süddeutschen Verlag, München.

Weitere Informationen über den Verlag und sein Programm unter:
www.allitera.de

Die Deutsche Bibliothek – CIP-Einheitsaufnahme
Monaco, Marietta /di:
Ich kam - ich geh : Reisebilder - Erinnerungen - Porträts /
Marietta di Monaco. Mit Silhouetten von Ernst Moritz Engert.
München : Allitera-Verl., 2002
(Edition Monacensia)
ISBN 978-3-93587-744-2

2. Auflage Januar 2015
Allitera Verlag

© 2002 Für diese Ausgabe: Landeshauptstadt München/Kulturreferat
Münchner Stadtbibliothek
Monacensia Literaturarchiv und Bibliothek
Leitung: Dr. Elisabeth Tworek
und Buch & media GmbH, München
Redaktion: Ruth Knoll
Umschlaggestaltung: Kay Fretwurst unter Verwendung
von Silhouetten von Ernst Moritz Engert
Herstellung: Books on Demand GmbH, Norderstedt
Printed in Germany · ISBN 978-3-93587-744-2

Inhalt

Marietta 7
   Von Mauritius

Meine erste Skizze 8
   Eine Autobiographie

Szyttja 10

Emmy Hennings 12

Der Philosoph Grün 14

Wer bin ich? 15

Doktor Zunder 16

November 20

Marcelle 24

Geständnis an A. v. H. 25

An Trude 27

An einen Basler 28
   Lueg Hans der Rhie –

An W. S. 29

Ungarisches Café am Nürnberger Platz
Und eine Sommernacht auf dem Zürichsee 30

Das Gartenhaus in der Fasanenstraße 32

Adolphe 34

Egli 35

Am Lago Maggiore 36

An einen Inder 40

An Jules Pascin 41

Für Madame Jeannot Salmon	42
Abschied an Pierre	43
An Pirenne und Mahaut	44
Letzte Rosen	48
Zu Jules Pascins Tod	
Consolatio an Hermionette	49
Für Hermine David, Jules Pascins Witwe	
An einen jungen Freund	51
An Jo	53
Für Frau Jo Weigert-Franziss	
Pariser Gewitternächte	56
Der Madonnenmantel	58
Père Cerveaux und dem großen Dschou zugeeignet	
Erinnerungen an die Marsstrasse	64
Die Silberpappeln	66
Brief aus dem Rottal für Herrn Mauritius	
Ilse Witt	69
Für Arnold Weiss-Rüthel	72
Die Entstehung des Dadaismus	73
Klabund	82
Begegnungen mit Joachim Ringelnatz	92
Kathi Kobus vom Simplicissimus	97
»Die blaue Distel« im Weinhaus zur Brennessel	103
»Schwabinger Pass« oder »Litanaia Schwabingensis«	109

Marietta

Klein. Schmale, bizarre Person.
Toujours: En route pour le scandal éternel. Das ist sie seit einem halben Jahrhundert: Den Tanz getanzt gleich Nietzsches Mistral: »Zwischen Heiligen und Huren, zwischen Gott und Welt!«
Immer ganz deutlich diese Fähigkeit zur Hingabe. An was auch immer. Hingabe. Par excellence. Hingabe an Himmel und Laster. Tant pis! Masqui! Was wollen Sie? Vielleicht ein mittelalterlicher Mensch? Aus der Zeit, als man noch »lebte«?
Ihr Seinshimmel von zwei Dominanten gestirnt: Gott und Alkohol. Teils verschleiert, diese Sterne, gehen sie nun langsam in Reinschrift ...
Und ganz nebenbei:
Sie hat weder Arabeske noch Attitüde für die Wege ums Goldene Kalb. Den Sologötzen moralisierender Bourgeois.
Sie liebt das Leben, und das Leben liebt sie wieder.
Ich habe sie unter Denkmalschutz gestellt.
Gewissermaßen.

Mauritius

MEINE ERSTE SKIZZE
Eine Autobiographie

Manchmal weine ich keine Tränen.
Ich berausche mich täglich.
Gerne mache ich sündige Spiele.
Ich bin ein Knäuel von Sinnlichkeit.
Mein Kopf wird herumgeworfen.
Meine guten Gefühle werden von brutalen Händen erdrückt.
Ich schiele.
Ich rezitiere lyrische Anthologie.
Nachts tanze und schreie ich durch die Straßen.
Mein Mund ist ein Strich.
Meine Augen sind manchmal groß und leuchtend.
Mein Nacken ist ausrasiert.
Ich habe schlanke Beine.
Jeder Briefträger ist mein Vater.
In meinen Haaren beseitigt man den Schweiß der Hände –
Aber in der Sonne sind sie fließendes Gold.
Ich bin Marietta.

München, Frühling 1913

Marietta

Szyttja

Szyttja wohnt rue de Savoie.
Ganz oben im sechsten Stock lebt er in zwei Räumen.
Vor dem Fenster, auf dem Dachvorsprung liegt Erde.
Es ist Gras angepflanzt.
In den Wänden sind geheime Schränke mit Büchern.
Nachts treten Gestalten aus den Blumen der Tapeten – und sprechen mit ihm.
In dem Hause war zu napoleonischen Zeiten eine magische Schule.

Szyttja schleicht jede Nacht über den Boulevard Saint Michel.
Er kennt viele Dirnen – auch solche vom Montmartre.
Manche Nacht schläft er bei den Hallen mit den verkommensten Menschen.
Von vielen Leuten borgt er Geld.
Die Hotels, in denen er wohnt, prellt er.
Er hat nie reine Wäsche.
Er ist am ganzen Körper schmutzig.
Seine Haare sind lang, wirr und ungekämmt.
Gesicht und Hände sind fast nie gewaschen.
Seine Füße muß er in alte Tücher wickeln, um in den großen Schuhen gehen zu können.
Seine letzten, selbstgeborgten Sous schenkt er weiter.
Oft nimmt er Haschisch.

Szyttja hat einen schönen Buben gefunden.
Der kam nach Paris, um dort ein großer Maler oder ein großer Verbrecher zu werden.
Letzteres mißlang ihm.
Er statiert jeden Abend für einen Franc in Chatelet.
In Ungarn diente er beim Militär.
Dort führte er nachts vierzig Pferde aus dem Stall auf das freie Feld und ließ sie laufen, wohin sie wollten.
Dann legte er sich ins Bett – und schlief.
Am nächsten Tag sperrte man ihn in eine Irrenanstalt. Er schrieb an seinen Vater diesen Brief:

»Lieber Vater!
Besuche mich.
Ich bin verrückt geworden.
      Dein Sohn.«

Paris, Herbst 1913

Emmy Hennings

Als sie aus dem Gefängnis ging, zog sie das Elend hinter sich.
Jeder Mensch mußte eine Sekunde stumm staunen.
Ihr Haar war damals lang und strohgelb.
Sie lebt nur Tage.
Wandelnd singt sie durch die Städte immer wieder dieselben
Dirnenlieder: »Dann durchzuckt's meinen Körper ganz – – –«
Einmal habe ich ihre Seele zittern sehen.
Eine Träne fiel in mein Herz, als ich ihre Hand küßte.
Leise dankte sie.
Ihre weißen Zähne blitzten, weil man unfreundlich gegen mich war.
Lachend staunte sie: »Warum?«
Jetzt geht sie mit dem Paletot meines Freundes durch die Straßen.
Welcher Unwürdige wird ihre Glieder fühlen?
Ich habe wohlriechendes Parfüm auf ihre Brüste gegossen.
Nachts tanzten wir.
Jemand spielte Flöte.
Ein anderer schrie nach einem Füllfederhalter.
Vielleicht wollte er uns notieren – – ?

München, Sommer 1914

Emmy Hennings

Der Philosoph Grün

Auf dem Predigerplatz stand eine alte Kirche.
Der Teil nach der Chorgasse war als Bibliothek verwendet.
Dort las der Philosoph Grün fast täglich.
Er war Ungar.
Hinter der Bibliothek bewohnte ich ein Zimmer im dritten Stock.
Grün mochte mich wohl seit einiger Zeit bemerkt haben; denn er kam eines schönen, warmen Märzmorgens, als meinen Busen ein Veilchenstrauß schmückte, sicheren Schrittes auf mich zu – und drängte mich zu einer Kahnpartie auf dem Zürichsee.
Ein bulgarischer, schweigsamer Student begleitete uns.
Er war scheu und hatte Gesichtspickel.
Am Abend saßen wir mit einem Rumänen in einer der spanischen Weinstuben.
Mir war nachträglich sehr übel; denn ich hatte viele Gläser auf Hindenburgs Sieg geleert.
Oft traf ich Grün zum bescheidenen Abendessen.
Er zeigte mir geschickte napoleonische Schachzüge, die mich erstaunten, vermittelte mir mehrere Bekanntschaften, schleifte mich in Vorträge, sprach über Zionismus – und so verlor ich ihn allmählich wegen mangelndem Interesse.

Zürich, Frühling 1915

Wer bin ich?

Ich bin ein bunter Spielball.
Feine Knaben lassen mich über seidene Teppiche tanzen.
Kinder bestaunen mich kosend.
Ich gleite durch die eleganten Finger wertvoller Menschen.
Manchmal aber kommen rohe Buben und stoßen Fußball.
Dann gleite ich unter ihren Schuhen in die Kristallschale der vornehmsten Königin.

Zürich, 1915/16

Doktor Zunder

Als alle meine Freunde blumengeschmückt der Front entgegensangen, wurden meine Erlebnisse auf ein bedrückendes Minimum beschränkt.
So beschloß ich hoffnungsvoll und aussichtslos nach Zürich zu reisen, wo ich noch einigen ersehnten Bekannten zu begegnen hoffte.
Wohl sollte ich im »Cabaret Pantagruel«, das jeden Donnerstag im Zunfthaus Zur Waag tagte, auftreten; doch waren vier Franken für eine Woche ein spärlicher Verdienst.
In der »Neuen Zürcher Zeitung« las ich von der Eröffnung der »Bonbonnière«.
Im Café des Banques wartete ich auf den Direktor, hatte in seinem Hotel ein Probevorsprechen und wurde mit Begutachtung seiner Braut für sieben Franken abendlich engagiert.

Am Abend vor meinem ersten Auftreten saß der »elegante Herr« mit zwei Rumänen in einer Nische des Cafés.
Nachdem man mich an den Tisch gebeten hatte, verlief die Unterhaltung etwas hemmend.
Da mir der »elegante Herr« seltsame Anträge machte und meine Lippen mit seinen Fingern zu einem Kuß spitzte, wurde ich frivol und heiter.
Später sprang ich lachend über die Brücke, verabschiedete mich lachend; und verschwand rasch in einer dunklen Straße.
Ich wußte mich von den dreien begehrt, dachte aber immer mit erschwertem Atem an den einen.

So fügte sich nach Tagen eine Stunde, wo wir allein beim Kaffee saßen und über gemeinsame Bekannte sprachen.

Es wurde schon Mitte April, die Tage immer wärmer, die Luft duftender, Bäume und Wiesen grüner.
Da sehnte ich mich nach einem Geliebten.
Ich durchdachte meine Bekannten – und der Wunsch blieb bei dem einen haften.
Nun war er bereits der Ersehnte und wich mir aus.

Ich drohte ihm brieflich, meine Anstrengungen einzustellen, falls ich ihn nicht bestimmten Tags, zur bestimmten Stunde bei sich zu Hause anträfe.

Der Tag kam.
Die Stunde näherte sich.
Der Himmel war heiter.
Mein Herz pochte.
Ich war auf dem Wege nach der Stapferstraße.
Noch kannte ich die Straße nicht – seine Straße.
Mein Herz flog.
Angst und Süßigkeit durchschossen mich.
Ich zwang meine Schritte in ein Gleichmaß – und alle Gefühle häuften sich zu schwindelnder Überstürzung.
Ich fragte nach der Straße.
Dort – um die Ecke – kam sie.
Ob er zu Hause ist? – Ja? – Nein? – Egal! – Ich gehe meinen Weg: – »Stapferstraße 21 – dritter Stock – Doktor Zunder.«
Ich klopfe.
Er ist da.
Mein Atem kam nicht zur Ruhe.
Wir tranken Tee und sprachen erschwert.
Er küßte wie ein Besessener.
Dann wurde es Abend.
Wir kauften starke Zigaretten, gingen nebeneinander – und meine Stimme war sehr weich.
Er war streng, still und sachlich.
Lange gingen wir nachts durch die Straßen und tauschten Erinnerungen.
Er liebte das Stapfen meiner Absätze.
Immer besah er meinen Schatten.
Damals wohnte ich in der Marktgasse – im Haus »Zur Treu«.
Immer verabschiedete er sich mit einem artigen Handkuß – und meine Sehnsucht wuchs.
So häuften sich Tage.

Einmal gingen wir über die Bahnhofsbrücke, am Zentralhotel vorbei.
Er bog nicht nach rechts ab, zu meiner Wohnung, sondern nach links, um die Ecke.
Ich schwieg.

Er schwieg.
Wir schwiegen durch die Weinbergstraße – zur Stapferstraße hinauf.
Der Mond schien.
Die Nacht war warm – und die Straßen still.
Wir schwiegen über die Treppe – im Zimmer – im Bett.
Ich erwartete das Geheimnis der Liebe – und meinem Mund entsprang ein rohes Wort.
Zitternd erwartete ich, vor die Türe geworfen zu werden.
Da überwanden ihn die Gefühle zu einer zärtlichen Umarmung.

Am Morgen war der erste Mai.
Die Natur blühte auf Kommando.
Die Sonne lachte.
Wir gingen Hand in Hand.
In mir wohnte der Friede eines dreijährigen Kindes.

Dieses Glück ertrugen wir wenige Tage.
Er scherzte – ich war gekränkt – rannte davon – weinte – vergrub mich in meiner Stube – und aller Schmerz einer Liebe überhäufte mich.

Wie oft bin ich ganz einsam durch das raschelnde Herbstlaub gegangen, an den kleinen Häusern und Vorgärten des Zürichbergs vorbei. – Wie oft bei Sonnenuntergang ohne Tränen traurig gewesen? An der Limmat saß ich nachts im einsamen Park und bat die Sterne um den Tod.
Dies alles ist keine fünf Jahre her.
Er lebt fern meinem Geschick – und meine Nächte sind sehr laut geworden.

Zürich, 1915, bis München, 1919

November

Ich liege im Zimmer eines Gebärhauses.
Dunkle Polstermöbel wirken gespensterhaft.
Die Kirchtürme der Umgebung wiederholen die Stundenschläge meiner Zimmeruhr, die dumpf tönt und sich kaum erkenntlich von der düsteren grauen Wand des Zimmers abhebt.
Es ist Mitternacht.
Ein letzter Straßenbahnwagen poltert den Bergabhang hinunter.
Ich schleppe mich zum Fenster und atme gierig die rauhe Novemberluft.
Neben mir lehnt das Bild meines Geliebten.
Ein Mann schenkte mir eine Mundharmonika.
Die Veilchen im Zimmer überduften den Lysolgeruch.
An der Hausmauer entlang schleicht ein Hund.
In meiner Stube herrscht große Stille.
Die Ruhe spannt sich straff.
Durch die Luft gellt ein Schrei.
Ich lausche atemlos.
Viele und verschiedene Schreie wiederholen sich.
Es sind grelle, durchdringende, aus dem Mysterium herübergeholte Laute – Schreie von Mütter werdenden Frauen.

Mein Gedächtnis greift nach einer Erinnerung:
November ist es in Paris.
Die Luft ist dünn, kalt und schneidend.
Aus vereinzelten Cafés dringt nur noch ein matter Lichtschein auf das Pflaster; denn es ist längst nach Mitternacht.
Neben mir schleicht ein kleiner, häßlicher Mann.
Wir gehen durch eine lange Straße, die bis Porte de Versailles führt, vorbei an alten, ausdrucksvollen Häusern, die lauschenden Ohren merkwürdige Geschichten erzählen.
Es ist seltsam still.
Wir hören nur unsere Schritte und Atemzüge.
Lange gehen wir bis zu einem mehrstöckigen Haus.
Über eine schlecht beleuchtete, übel riechende Treppe kommen wir zu einer unordentlichen Stube im sechsten Stockwerk.

Die Fenster sind geöffnet.
Ich übersehe eine weite Fläche von Paris, Werkstätten und Lagerräume, dunkle Höfe und viel Himmel.
In der Nähe verhallen die Schritte eines Wachtpostens – und kommen wieder.
Wir rauchen starke Zigaretten.
Der Mann im Zimmer erzählt Schauergeschichten.
Er kennt deren viele.
Nebenan schnarcht der Sohn eines ungarischen Bauern.
Plötzlich erschreckt mich ein Schrei, gefolgt von unerklärlichem Geheul.
Ein anklagendes Stöhnen verbreitet sich.
Die Luft trägt von fern her ein unmenschliches Brüllen, das anwächst, verklingt, wiederkehrt – und im Unendlichen verhallt.
Es ist ein höllenhaftes Jammergewirr von Stimmen, das klagt, als feierten betrunkene Irrsinnige in Kaschemmen bacchantische Feste.
Der Mann im Zimmer spürt meine Angst.
Er schweigt boshaft.
Ich bin unter den qualvollsten Gedanken der Unwissenheit zum Lauschen verurteilt.
Das rätselhafte Heulen durchschneidet unablässig die dünne Luft und stürzt wellenartig, brausend an mein Ohr.
Ich wage nicht, die Fenster zu schließen.
Einem Sterbenden gleich, verirre ich mich in eine Todesangst, die jede fremde, phänomenartig starke Erscheinung mit sich bringt.
Ich bete um den Morgen.
Ein kurzer Schlaf beruhigt meine Nerven.
Bei Tageshelle erwache ich.
Der Mann starrt mich schweigend an.
Schweigend geht er, um Käse und Brot zu holen.
Es regnet.
Der Hauswirt fordert, an der Tür klopfend, die Mietschuld.
Nebenan singt der Ungar sentimentale Lieder.
Der Mann wickelt seine Füße in alte Lumpen.
Sein Anzug ist verschmutzt und zerrissen.
Am Hemd fehlt ein Ärmel.
Er spuckt fortwährend mit Tabakfasern von Zigaretten um sich.
Er ist lieblos.

Nach einigen Tagen besuche ich den Polen Menschitzky, der in »La ruche«, bei Porte de Versailles wohnt.

Ich frage ihn, ob er den Lärm kenne, den ich vor einigen Nächten in der Gegend hörte.

Ganz ruhig und selbstverständlich antwortet er: »Hier in der Nähe ist der große Schlachthof von Paris, in dem jede Nacht soundso viele tausend Tiere getötet werden.«

Da fiel mir auf, daß Menschitzkys pockennarbiges Gesicht nicht schöner war als Szyttja, der kleine, schleichende Mann – und ich empfand heftigen Ekel.

In meiner Stube ist große Stille.
Die Schreie sind verstummt.
Ein Arzt rennt eilig durchs Haus.
Eine Tür fliegt ins Schloß.
Eine Frau freut sich über ein totgeborenes Kind.

Paris, 1913, und Zürich, 1916

Marcelle

Gleichgültig schaukelst Du Deine schlanken Hüften durch die Lokale.
Deine Fußfesseln sind schmal, zum Fetischismus aufreizend dünn.
Deine Lippen sind eine reife Frucht, rot und stets feucht, zum Kusse bereit.
Deine Augen leuchten wie wissende Sünde.
Dich darf ein Marquis lieben.
Betäubt von Narkotik – und von Sensationslust getrieben – läufst Du nackt und frierend, bedeckt mit einem Herrenpaletot, in ein Geschäft und zwingst einen Juden, Dir ein Kleid zu schenken.
Du bist wild, Marcelle.
Kraus und reizvoll weißt Du die Haare auf Deinem Kopf zu arrangieren.
Du kennst die Irrenanstalt.
Ein Munitionsfabrikant ließ Dich dort kurieren.
Deine Unwissenheit kennt keinen Frevel.
Manchmal aber werden Deine Augen groß und starr vor dem Worte »GOTT«.

Zürich, 1917

Geständnis an A. v. H.

Wenn meine innersten Empfindungen mich peinigen, wenn ich Angst habe, dann quäle ich Dich.
Wärst Du nicht bei mir, würde ich mich allein martern.
Vielleicht käme ich zur Ruhe.
Wahrscheinlicher aber würde ich durch die Straßen irren, an der Tür irgendeines Menschen klopfen, der mir einfiele.
Ich würde Steine nach seinen Fenstern werfen; denn es wäre Nacht und er schliefe.
Er würde meine Handlung dumm, roh, naiv oder albern finden und mich mit einer lächerlichen Ausrede fortschicken.
Dann würde ich mit dünnen Seidenschuhen durch Regenpfützen und dunkle Gassen nach Hause irren.
Regnen würde es bestimmt.
Vielleicht fiel nasser Schnee.
Die Straßen wären öde.
Manchmal würde eine Laterne ihren schwachen Lichtschein auf das Pflaster werfen.
Ein Schutzmann würde mich sehen und Arges wittern.
Er könnte dreist auf mich zukommen und fragen: »Was tun Sie? – Wo kommen Sie her? – Wo gehen Sie hin?«
Mit innerster Aufrichtigkeit müßte ich antworten: »Ich weiß es nicht. – Ich suche mich selbst – oder vielleicht meinen Geliebten.«
Mein Geliebter aber kann nicht von dieser Welt sein; denn mein Geliebter müßte mich schützen.
Er müßte stark sein, schön und streng, unendlich hoch und weise.
Er müßte vollkommen sein.
Solange ich lebe, wird diese Sehnsucht in mir sein.
Deshalb werde ich von Stadt zu Stadt, von Mensch zu Mensch irren – und keine Ruhe finden.
Mit dieser Sehnsucht werde ich sterben.
Menschen, die ich liebe, werde ich quälen.
Ich werde ihre Schwächen höhnen – und sie vor sich selbst lächerlich machen; denn ich wünsche sie vollkommener als mich.
Jeder Bettler spuckt in mein Herz.
Ich werde mich für die Roheiten eines Hausdieners entschuldigen

und werde sehen müssen, wie ein feister Mann seines Hängebauches wegen mit widerlich gespreizten Schenkeln am Tisch sitzt und den roten Kopf mit der tierisch niedrigen Stirn in eine mit Kompott gefüllte Bakkaratschale taucht. – Seine Schnurrbartspitzen hängen feucht und klebrig von den Mundwinkeln.
Ein schöner Knabe greift nach einer goldenen Kugel.
Du aber sitzest still und nichts ahnend.
Über mich hinaus siehst Du mich mit Deinen Kinderaugen an; und pfeifst eine Sonate von Beethoven, weil ich sie gerne höre.

München, April 1918

An Trude

Träumerisch und still sah ich Dich lieben.
Früh genug hattest Du das Glück, Dir eine Ruhe zu ersehnen.
Du sprachst von einem stillen Rheinweg und warfst, vom Eindruck der Trennung gezwungen, Rosen aus dem Fenster.
Es waren große, rote, reife Rosen.
In Serien hast Du sie geworfen:
Erst eine – dann noch eine – dann zwei – drei und ein ganzes Dutzend.
So – wie sich eine Leidenschaft steigert.
Immer wieder sehe ich Deine Augen, in denen eine Welt von Gefühlen leuchtet.
Du bist eine stille Frau.
Dich hat keine Gemeinheit erschüttert.
Ich würde Dich als Madonna malen; wenn ich es könnte; trotz Deiner verbotenen Mundwinkel, mit Stirnfransen, in der Schwangerschaft, mit Deinen Mutterhänden.
Oh, ich kenne das Vibrieren Deines Mundes und das Zittern Deiner Stimme – die herzerfüllte, selige Trauer Deines Lebens.
Ich habe Rosen für Dich gekauft.

Basel, Sommer 1920

An einen Basler
Lueg Hans der Rhie –

Heute habe ich wieder den Brückenwinkel aufgesucht, in dem Sie mir gestern Whisky verboten und mich zu ökonomischerem Geldausgeben veranlassen wollten.
Mein lieber Herr, diese redliche Absicht dürfte auch von Ihrer Seite auf fruchtlosen Boden fallen.
Ich fülle die Lücken meines Lebens aus mit Launen, die mir Freude machen.
Ich werde bösartig in einem täglichen Einerlei.
Ich will keine Leidenschaft und kein Erlebnis verpassen.
Wenn ich in einer Pause zwischen Vergangenem und Kommendem sitze, fürchte ich, irrsinnig zu werden vor Ungeduld.
Der Rhein ist nicht groß und nicht breit genug, um eines Menschen Gefühle zu fassen.
Er ist ein alter Vater, ein stiller Bürger, der mit eiserner Gleichheit immer wieder dieselben Ufer bespült und unermüdlich Wellen schafft und fördert.
Er hat keine Zeit für Erlebnisse.
Mich haben längst die blödsinnigsten Ereignisse erschüttert.
Ich schenke Ihnen den Rhein samt den braven, glotzenden Häusern, die ihn bei Basel umstehen.

Basel, Sommer 1920

An W. S.

Ich habe den Faden einer Leidenschaft überspannt – und nun wollte ich neuerdings Dich mit einem Wiedersehen überstürzen.
So aber sitze ich verflucht einzeln auf einer Terrasse und versuche, meine Gefühle in diesem Brief zu konzentrieren.
Grün, breit und eintönig, für mich sogar trostlos rauscht der Rhein in eine Unendlichkeit.
Die Menschen hasten nach einer elektrischen Bahn.
Kinder grölen und pfeifen.
Sie ersetzen ein Heer von Kutschern und Soldaten.
Ein Junge schlägt wie besessen auf seinen Reifen ein und treibt ihn mit unumstößlicher Konsequenz immer wieder in derselben Rundung.
Auf dem gegenüberliegenden Terrassendach schaukelt eine zerrissene Fahne.

Basel, Sommer 1920

Ungarisches Café am Nürnberger Platz und eine Sommernacht auf dem Zürichsee

Am Nebentisch sitzt die entlassene Kammerzofe einer Filmdiva.
Ungarische Juden geben ihr ungesäuertes Osterbrot.
Die Kapelle spielt die Csárdásfürstin.
Ich sehe Zürich – die Bonbonnière – den Wintergarten – und den illuminierten Dampfer, auf dem wir nachts fuhren.
Ein sehr schöner Mann war mein Begleiter.
Melodien – diese eingreifenden Erinnerungen:
»Jaj – Maman – Bruderherz – ich kauf' dir die Welt – – –«
Die ganze Nacht zahlte ein blonder Wiener in Kniehosen der Kapelle Hunderte von Schweizer Franken für die Wiederholung dieser Melodie.
Das Parkett im Hotel am See war unbeschreiblich – Marguerite, die Französin, süß und wild.
Man verlor sich; denn man trank, tanzte – und dachte nicht an den Alltag.
Nur immer wieder diese Melodie und drehende Paare.

Gegen Ende und Morgen war meine Laune auf unbeschreibliche Versöhnlichkeit gespannt.
Ich befahl einem Maler, der mir Leid angetan hatte, mit mir zu tanzen – und er gehorchte wortlos.
Schon auf dem Schiff, in kalter Morgenluft, grölte seine Lena – fest in ihren Mantel eingehüllt – immer noch: »Jaj – Maman – Bruderherz – ich kauf' mir die Welt. Jaj – Maman – was liegt mir am lumpigen Geld – – – ?« frierend, verschminkt und verhungert wie ein Proletarierkind – versudelt wie die entgleiste, nachbarlich sitzende Kammerzofe.

Berlin, 1922, und Zürich, 1917

Das Gartenhaus in der Fasanenstrasse

Im Zimmer duften Mimosen.
Draußen ist Frostwetter.
Der Portier ist Herrscher auf dem Hof.
Dienstmädchen mit Mülleimern rennen hin und wieder.
Herr Pietschmann, der Hühneraugenoperateur, hat seine Zimmerpalme hinausgestellt.
Baronin Hühnerbein, ob jung oder alt? – Man sieht sie nie.
Aus der Portierloge singt die Stimme der Tochter maecensuchend.
Der Installateur ziert die Fenster mit Spitzenvorhängen.
Ein alter, drahthaariger Terrier wechselt mit einem Pudel und mit meinem Bologneser Hündchen den Schnüffelgang.

Es ereignet sich nichts.

Meine Parterre-Fensteraussicht ist eintönig.
Oben wohnen Herrschaften.
Die Hoffenster sind die ihrer Schlafzimmer – und ruhen bei Tage schön verhängt.
Viele Alteisen- und Papierhändler preisen sich an.
Eine Drehorgel spielt: »Nur eine Nacht sollst du mir gehören – bis zum Morgenrot – – –«
Man lebt von Winter zu Winter.
Die Preise steigen, und der Begriff für Ziffern geht im Immensen verloren.
Der Blick tauscht Landschaften, Bilder, Gesichter und Aussichten und ist beim Verlöschen nicht satt.

Der Porzellansammler Gedalje Lewin sucht eine Winterpaarung: »Dame mit vollständiger Ausrüstung zum Schneeschuhlaufen.«
Intellektuelle treiben Börsenspekulationen – und Maler werden Bilderhändler.
Dem Rechtsanwalt Braun wird eine Schreibmaschine gestohlen.
Messingdiebe montieren Türklinken ab.
An Häuserecken preisen Schlepper nach Lokalschluß Spielklubs an – und Homosexuelle präsentieren sich in Frauenkleidern.

Manchmal erinnern wir uns an Paris und die Welt.
Dann überschwelgen wir unsere Trauer.
Whisky haben wir mit deutschem Korn getauscht.
Wir trinken Bier – und ein gut bürgerliches Restaurant mit reellen Weinpreisen ist unser Vergnügungslokal.

Die sozialistische Idee ist am Aussterben.
Man handelt mit fremden Geldern.
Unsere Schneelandschaft ist eingeengt in hohe Häuser.
Der Himmel bleibt ein kleiner Fleck und läßt den Großen Wagen mit nächster Umgebung manchmal zu uns herunterleuchten.
Die Augen der Städter haben die Straße verschlungen.
Es wird Weihnachten.

Berlin, Winter 1922

Adolphe

Als wir uns kennenlernten, blühten die Mimosen.
Maiskolben-, Bambus-, Lorbeer-, Orangen- und Eukalyptusbäume versetzten mich nach dem fernsten Italien, so daß ich lange Zeit den Lago Maggiore als Meer bezeichnete.
Er handelte mit Wein und Kaffee, besaß ein rotes Auto und eine entfernte Braut.
Wir durchfuhren die Dörfer und Straßen der Gegend, lebten von Wein, Luft und Sonne, von Mond und Sternen und blühenden Bäumen.
Die gesteigerten Gefühle grenzenloser Losgelöstheit nahmen kein Ende.
Ein glitzernder Glassplitter im See wurde Erlebnis – der endlose Horizont unsere Heimat.
Der Blumenkorso von Locarno erschütterte mich zu Tränen – und das Auge reichte nicht für die Farbenfülle all der Kamelien.

Da kam die Braut.
Ihm brach die Lenkstange am Auto.
Die Bremse war nicht eingestellt.
Der Kühler rann.
In der Dunkelheit stieß er mit einem Fuhrwerk ohne Licht zusammen.
Die Männer waren betrunken – die Pferde wurden scheu – und die Frau auf dem Wagen hatte eine Fehlgeburt.

Der Grenz-Scheinwerfer reflektiert die Wellen des Sees an meine Zimmerwand.
Immer wieder fährt ein Auto durch meine Gedanken.
Nachts starb auf dem Bett – dicht bei mir – ein Schmetterling.

Locarno – Ascona – Porto di Ronco, Frühling 1923

Egli

Im Chateau lebt ein ästhetischer Lucien de Rubempré.
Er trägt nur seidene Anzüge und einen großen, schwarzen Ring am Zeigefinger der rechten Hand.
Mit vornehmer Langeweile betrachtet er Menschen, Gegend und Gegenstände, riecht nach gutem Odeur und gibt sophistische Antworten.
Männer und Frauen der Gegend verehren oder lieben ihn.
Man kommt ihm nicht nahe.
Er schwankt und schwärmt, ist Tänzer, Mystiker oder Dichter und bekennt sich zu keinem Geschlecht.
Sein Name ist der eines Fisches; aber auch ein persönliches Fürwort.
Einmal hat er ein Buch über den ätherischen Körper gelesen.
Daraufhin schloß er sich ein, verdunkelte sein Zimmer und wartete auf seine ätherische Erscheinung.
Ihm wurde schlecht.
Gestern kaufte er für zehn Centimes Brot – hundert Gramm saure Bonbons und Messerputzpulver.

Ascona, Juni 1923

Am Lago Maggiore

Die Szenerie am Lago Maggiore wechselt dauernd. In helle Mondnächte schallen die Lieder der jungen Burschen: »Che bella notte – che fa – in gondoletta si va – – –«
Aus kleinen Häusern lugen durch winzige Fenster zwerghafte Frauengestalten; wenn ein blinder Italiener mit Stelzbein zur Ziehharmonika durch die Dorfstraßen singt.
Bleiern hämmern die Glocken der Dorfkirche den Englischen Gruß.
Bei besonderen Anlässen spielen sie auch: »Margareta – l'uomo e cacciatore – Margareta – salve salvatore – – –«
Gleichzeitig geschieht es oft, daß im unteren Lokal des »Grünen Heinrich« das elektrische Klavier spielt, oben das Grammophon abläuft und all der Lärm von der schrillenden Stimme der zwar zierlich gewachsenen, aber hinkenden Holländerin übertönt wird. Der »Grüne Heinrich« ist eine jener ersterbenden Künstlerkneipen, die zur Niederlage unbeständiger Mädchen würden, wenn es genügend solche hier gäbe.
Scharf pfeifen die Autos um die Ecke und wirbeln den Straßenstaub durch die Fenster.
Von der Decke hängen Maiskolben und rote Schweinsblasen.
An den Wänden sind Bilder von Ennholz, Kläui und der russischen Baronin Werefkin.
Der Zeichner und Zoologe Soffel hat Wandfiguren gemalt, ein Genfer Lyriker war Küchenchef – und Visher van Gasbeeck zierte sich mit seinem Tenor.
Der Begründer dieser Kneipe war Carl Waldvogel, ein ehemaliger protestantischer Pfarrer, der bereits einen anderen »Grünen Heinrich« in München und einen »Grauen Esel« in Zürich gegründet hatte.
Bei ihm sind Mitglieder der berühmten Münchner »Elf Scharfrichter« aufgetreten.
Er förderte heute noch nach Möglichkeit begabte künstlerische Talente.
Seine besten Gäste aber waren seine Gläubiger.
Bei ihm servierte jene Elli aus Zürich, die Mussolini angeblich wegen Erwerbsunzucht aus Italien ausgewiesen hatte und deren gleißende Goldzähne und aufgebauschte Wasserstoffsuperoxyd-Haare dieses Gerücht glaubhaft machten.

Sie wohnte in jenem kleinen Häuschen hinter dem Friedhof vor dem Dorf, wo es durchs Dach regnete und geschnitzte Herzen an den grünen Fensterläden sind.
Wohl war, wie sie erzählte, das Bett reichlich breit; aber die Wasserleitung, die zum Hause führen sollte, suchte der nachbarlich wohnende Totengräber mit seinem Spaten vergebens.
Der eingewanderte Italiener Lombardi hat das Castello geheiratet – und seine Frau sterben lassen.
Er vermietet einzelne Räumlichkeiten an Fremde.
Die Zimmerdecken sind bemalt, die Fenstergitter verrostet, Tore und Türen beständig verschlossen.
Auf Filzsohlen schleicht Lombardi durch geheime Gänge und über Wendeltreppen.
Er liebt die Dorfbewohner nicht – und trägt bei Gemeindewahlen drei Paar Hosen und einen Revolver als Prügelschutz.

Die russische Baronin arrangiert Ausstellungen und Konzerte.
Auch hat sie das Dorfmuseum mitgegründet.
Man nennt sie die Großmutter von Ascona.
Als sie Englands größten Bariton auftrieb, mußten zwei Klaviere gestimmt und transportiert werden, was Hommlinger und seinen befreundeten apollinischen Römer nicht hinderte, einer amourösen Geisterseherin pornographische Zeichnungen in den Sonnenschirm zu stecken, während diese der »Zueignung« von Strauß voll Inbrunst lauschte.
Jener große Sänger aber saß seitdem täglich an der Jazzbandtrommel im Kursaal von Locarno.
In Porto di Ronco hat der dänische Uhrmacher Petersen seine Frau verbrannt, sich selbst nach dem tröstlichen Zuspruch einer jüdischen Theosophin im Stall erhängt und daselbst einen Zettel hinterlassen: »Bitte, sorgt für die Ziege.«

Mathematiker, Dichter, Musiker, Theosophen und Erfinder, Vegetarier mit wallenden Bärten, Magier und Kunstmaler tauchen auf und verschwinden in bizarrer Reihenfolge.
Der Sachse und Pianist Brunner hat drehbare Schachwürfel an Stelle der bestehenden Figuren erfunden.
Auf dem Delta, wie man die in den See laufende Landzunge nennt, bemißt der Architekt Philippo die Zeit durch ein Scherenfernrohr nach der Turmuhr der über dem See gelegenen Dorfkirche.
Als derselbe eines Tages auf selbstverfertigten Wasserskiern über

den Lago Maggiore glitt, wußten die Dorfbewohner nicht, war er Christus oder der Teufel.

In der Casa rossa verkehren Gäste aus aller Herren Ländern.
Im Hause sind geschmackvolle Antiquitäten – und von der Wand blickt milde ein pfeildurchbohrter heiliger Sebastian.
Dort wohnt der Gärtner Hommlinger.
Er verwaltet das Gut eines Luzerner Bijoutiers.
Die Gartenanlage ist meisterhaft durchdacht.
Außer dem wild wuchernden Strauchwerk am See und beim Landungssteg gibt es Parkanlagen, Brunnen und Nutzgärten.
Mit nackten, wohlgeformten Beinen steht Hommlinger auf dem Erdbeerfeld, bewässert den Boden und begießt die Pflanzen, schichtet Gemüse und Früchte in Körbe und Kisten, schneidet Blumen und ziert die Zimmer mit matissehaften Stilleben: Gladiolen, Iris und Dracenen ...
Sein Gemüt ist weich und farbig wie Italiens Blumen.

In Locarno sind Kursaalkonzerte und Volksfeste mit Raketenschießen.
Die Madonna del Sasso läßt ihre illuminierten Bogenfenster herunterleuchten.
Die Karsamstagsprozession ist von dumpfer pathetischer Andacht durchdrungen.
Seltsam bunt sind die Häuser beleuchtet.
Die Luft ist vom Frühling trächtig – und durch die dunkle Mitte der breiten Straße bewegt sich im Prozessionszuge ein weiß verhängtes Kreuz wie eine kokette Frau.

Ascona – Locarno – Porto di Ronco, 1923

An einen Inder

Du bannst meine Sinne in einen Zauberkreis.
Deine Augen sind unergründlich – und die Lieder fallen darüber wie ein Vorhang, der die Szene verbirgt.
Bei Deinem Anblick spricht mein Herz zu laut – und manchmal umklammert es ein Skorpion.
Deine Hüften sind von keuscher Schlankheit.
Die Schultern tragen Schicksale – und die sanfte Hand hat nicht Geduld, ein Leid zu lindern.
Du liegst mir wie Blei im Blute.
Dieser irdische Magnet, auf dem wir leben, bezwingt meinen Körper – aber meine Gedanken schwelgen in den Urwäldern Indiens.

Berlin, Sommer 1925

An Jules Pascin

Ich habe Dir lange nicht geschrieben, weil meine Worte hilfloser sind als meine Gefühle.
Ich weiß, Du warst oder bist vielleicht noch krank.
Das macht mich traurig.
Ich fürchte, daß Claras wilde Gesänge verstummt sind und sich der Kreis Deiner Freunde vermindert.
Aber Lucys liebendes Herz verweilt um Dich – und meine Gedanken sind nahe bei Euch.
Hier tobte der Mistral um die Wände der Häuser, peitschte mit den Ästen der Bäume Blüten vom Zweig und spielte mit den elektrischen Drähten der Gegend.
Wir warteten lichtlos wie ängstliche Narren auf die Wunder des Frühlings.
Jetzt habe ich Dufresnes leuchtende Augen gesehen und seine Stimme belauscht.
Die trockene Deckschicht der Erde zersprang in der wärmenden Sonne.
Wir gingen mit schweigsamen Freunden durch eine windstille Nacht.
Auf unsern Weg fiel der Vollmond.
Wir wurden nicht müde.
Ich habe an Dich gedacht.
Morgen beginnt der Mai.
Mein Herz ist heute reich an liebenden Wünschen für Dich.
Sie töten den lähmenden Schmerz Deiner Lenden.
Singe wieder das Lied der blonden Paquitta, welches beginnt: »Lüg – ne – rin!«, und grüße Lucy im roten Samtmantel des vergangenen Winters.
Ich möchte Euch wiedersehen.

Sanary (Var), April 1926

Für Madame Jeannot Salmon

Als ich den Weg der Erinnerungen hinaufstieg, wärmte die Sonne meinen müden Rücken.
Das bleiche Blau des provenzalischen Himmels ertränkte die Sorgen des Alltags.
Es verblich die Trunkenheit der Jugend – und langsam verlor sich die graue Kirche des Ortes zwischen dem alten Gemäuer der Ahnen.
Verstreute Anemonensterne grüßten aus dem hellen Grün der südlichen Winter.
Matte Farben betreuten die Felder – und über den umliegenden Hügeln träumte Sifour im Sonnennebel.
Kein Hauch und kein Wölkchen trübte den leichten, schwingenden Äther.
Fast vergaß ich mein Herz.
Da fand ich Dich hinter Lorbeerhecken und wildem Laubwerk im Garten der Freunde.
Dort saßest Du schweigend und zeitlos wie eine unbekannte, vergessene Königin.
In Deinen Augen aber funkelten Heimweh erregende Feuer aus den schluchzenden Gesängen spanischer Zigeuner.

Sanary, Weihnachten 1928

Abschied an Pierre

In Paris ist es plötzlich Frühling geworden. Täglich sehe ich im Vorbeigehen das junge Grün der langen Baumreihen lachen und leuchten – und meine Gedanken streifen die vielen Erinnerungen vom l'Observatoire bis zum Palais du Senat.
Nur die sonnensehnsüchtigen Bäume auf dem Boulevard Montparnasse sind noch kahl und traurig – und hinter der Maternité von Port Royal haften trübe Erinnerungen.
Der Autobus von Gentilly bringt mich nicht mehr nach dem Square Montholon – und an der Haltestelle vom Hôpital Cochin kauert eine kleine Gestalt und wartet auf einen rauhen Abschied.

Aber Ostern ist jetzt vorüber.
Die nachhaltigen Schwingungen in der bezaubernden Frühlingsluft vom Sausen der Untergrundbahnen, den dünn verhallten Glockenschlägen einer alten, nahe gelegenen Klosterkirche und den abgeschwächten Pfiffen vorbeigerauschter Lokomotiven mahnen mich an eine Überfülle unverschwendeter Zärtlichkeiten.

Die kahlen Wände meines verlassenen Hotelzimmers trauern um die verlorenen Gesänge eines geliebten Herzens – und verwaist sind die Erinnerungen eines kurzen Vorfrühlings.

Nur vor dem Fenster träumten noch einige Tage kleine, verwelkte, weiße Blüten von der Waldlandschaft eines vergangenen Palmsonntags.

Paris, Frühling 1927

An Pirenne und Mahaut

Durch die Wildnis der Gorge d'Ollioules, vorbei an Evenos, kamen wir über Le Bosset in die abgezirkelten Felder der Provence und nach Castelet.
Jede neue Biegung der Landstraße teilte neue Täler.
Die ersten kräftigen Strahlen der Februarsonne wärmten unsere wintererstarrten Glieder.
Unsere Gedanken durchflutete der Zauber der Landschaft.
Wir vergaßen unsere Schritte, lauschten den Tönen der Luft, atmeten den Duft der Erde und spürten den Hauch, der sie belebte.

Unsere Sinne aber wiegte der Äther in ferneren Weiten.
Vor einem Marmoraltar standen wir still.
Die Wipfel der beiden hohen Zypressenleuchter zeichneten sich gegen den Himmel – und wir standen über den Häuptern von Toten.
Kein Wind und kein Wort, kein Vogel und keine Blume sprach von ihnen – nur ein endloser Acker lag dahinter und leere, blattlose Reben.

Im Weitergehen erinnerten wir uns an unsere Schritte.
Dann verstreuten wir Orangenschalen neben dem Brunnenrand, auf dem wir saßen.
Vor uns lag Castelet auf dem Hügel, und seine Häuser bestaunten uns mit stumpfen Gesichtern.
Über die hohe Friedhofsmauer aber ragten neugierige Kreuze und sprachen zu uns vom Tode.
Damals starb die Spanierin Maria del Rosario in Afrika.

Bald darauf reisten Sie in Ihre Heimat, nach Belgien – und Ihre Gesichter vergruben sich in meinem Gedächtnis.

Es verstrich ein vereinsamter Frühling.
Dann begegnete ich Henri Mahaut in der brennenden Hitze eines Pariser Hochsommers.
Er sprach von Picasso und französischen Dichtern.
Manchmal schwiegen wir lange.

In seiner Brust sangen verängstigte Vögelchen von Afrika und den Arabern – von Muselmännern und den kalten nordischen Wintern seiner Heimat.
Sie sangen von Maria del Rosario und zauberten ihre Seele in einen Reliquienschrein.
Sein Gang war müde wie der Schritt gezähmter Tiere.
Unter dem Leder seiner schwarzen Schuhe formten sich die Zehen in gotischer Andacht.
So gingen wir durch Galerien und Gärten.

Erinnerungen führten uns in ferne Länder und zu den reifen Birnen im Garten seines Vaterhauses.
Er kam aus der Normandie und fuhr über die Provence zurück nach Afrika.
Jetzt ist auch sein Gesicht in meinem Gedächtnis vergraben.

Ich blieb zurück in der großen Stadt und lausche ihrem lärmenden Treiben, dem Surren von Motorrädern und dem Rattern der Lastwagen, dem warnenden Pfeifen und Hupen vorüberrasender Autos, den trunkenen Gesängen und schrillen Schreien, die sich nachts den menschlichen Kehlen entlockern.
Elefanten gingen mit majestätischen Schritten, als hörten sie nicht das rohe Rufen und laute Revolverknallen ihrer Begleiter. Auf dem Asphalt sprangen Funken unter den Hufen vorbeitrabender Zirkuspferde.
Araber sangen monoton und jammervoll hinter einem Wagen mit weiß verdecktem Sarg und weißen Pferden.
Meine Gedanken aber enteilten nach den belgischen Dünen und über die Provence nach Afrika.

Durch meine Fenster sehe ich hinüber nach dem Cimetière vom Montparnasse.
Noch haben die Bäume das reiche Laub des Spätsommers und verbergen meinen Blicken die Gräber und ihre steinerne Zierde. Aber bald ist es Herbst.
Die Luft wird kühler, und Nebel hängen zwischen den Laternenlichtern.

Sanary, 1928, und Paris, September 1929

Letzte Rosen
Zu Jules Pascins Tod

Letzte Rosen von Dir verwelken in meinem Zimmer.
Tränen und langes Wachen haben mich müde gemacht.
Immer wieder beleben meine Gedanken Dein geliebtes vergangenes Gesicht.
Denn nun ruhst Du in der Erde, dicht bei den Wurzeln eines jungen Baumes, dessen Krone ihren Schatten auf Dein Grab um Mittag wirft.
Über dem Weg, vor Dir, liegt eine breite Wiese.
Gestern noch betraten meine Füße ihr frisch gemähtes Gras mit seinen kleinen, vergessenen Blumen.

Seitdem leuchten in den Augen Deiner Frauen nur noch traurige Sterne.
Freunden ward Dein Tod zum Mahnruf ewiger, unvergänglicher Gesetze.
Noch sind wir blinde Kinder, die Deine Sonne nicht sehen.
Aber auch für uns wird einmal eine Wiese zum Gottesacker.

Heute feiern wir Pfingsten – vielleicht noch andere Feste.
Deine letzten, verwelkten Rosen aber mahnen mich bereits an mein unbekanntes Grab.

Unaufhörlich widerhallt Dein Name wie ein langes, schmerzhaftes Echo.

Paris, Pfingsten 1930

Consolatio an Hermionette
Für Hermine David, Jules Pascins Witwe

Warum schauen Deine Augen immer in die Ferne,
Wenn Deine Stimme den Ton ihres Herzens singt?
Hast Du Dein Schifflein verloren?
Ist die Ankerkette gerissen?
Fahre!
Fahre weiter!
Du Kindermärchen –
Und komme wieder –
Zu mir –
Zu uns –
Ins Kinderstübchen.
Hermine –
Wir spielen wieder
Die fremde Frau –
In bunten Tüchern –
Den tanzenden Topf –
Die Krämerei.
Komme wieder!
Ich schenke Dir bunte Lieder
Und Schiffchen.
Wir werden malen
Oder seifenblasen.
Auch denke ich an das kleine Halsband,
Damit Du im Winter nicht frierst.
Dann werden wir schlafen
Oder wachend träumen
Vom kleinen Glück
Oder von einem Stück
Grauer, vergessener Seide.
Komme im schwarzen Kleide.
Wir hüllen es in eine Schneedecke.
Und warten
Im Garten
Auf unser Geschick.
Auf die Sonne –

Die erste Anemone –
Die Schlüsselblumen
Und den Löwenzahn.
Willst Du –
Hermionette?

Paris, Juni 1930

An einen jungen Freund

Mein Holzhäuschen steht zwischen hohen Tannen und Fichten am Waldrand.
Unter dem Dach ist ein Heuschober.
Nebenan schlafen Hühner – und meine Nachbarn wohnen im Steinhaus, weit vorne im Garten.
Draußen ist Nacht.
Kein Lichtschimmer dringt durch das Dunkel.
An die Fensterscheiben rieselt der Regen ein schüchternes Lied:
»Wenn die Glocken leise erklingen,
dann erklingt auch leise mein Herz – .«
Schwester Johanna sang dies Lied, als ich nach dreizehnjähriger Abwesenheit Eltern und Heimat begrüßte.
Es vibrierte in einer Sommernacht in Deinen leuchtenden Augen.
Es begleitete mich durch den sonnigen Laubwald – auf meiner Autofahrt – bis in diese Hütte, um die der Herbstregen ein undurchdringliches Netz in Fäden rieselt.
»Doch die Sehnsucht muß ich bezwingen – .«
Regen und Lied spinnen mich ein.
»Bis die Schwalben zieh'n heimatwärts –.«

Einige Stunden verdichtete Dein Wesen die Atmosphäre meiner Stube.
Lose, beschriebene Blätter raschelten durch Deine Hände.
Dein jugendsatter Mund verschloß sich im beschaulichen Ernst.
Ich staunte in Dein Gesicht.
Wo? – Wann werde ich ihm wieder begegnen?

Der Tag war grau und unfreundlich.
Unaufhörlich schoben sich schwere Gewitterwolken vor die Sonne.
Der Ammersee zeigte sein trübstes Gesicht.
Am Abend brachte ich Dich zum Landungssteg.
Von Deck des Schiffes winktest Du zum Abschied.
Eilige Glockenzeichen mahnten zur Abfahrt.
Polternde Motore setzten ein Räderwerk in Bewegung gleich pochenden Pulsen.

In wenigen Sekunden glich der stampfende Dampfer einem Spielzeug mit bunten Lichtern, illusorisch sich entfernend, gleich einer verschwindenden Märchenwelt.
Versonnen verließ ich den verwaisten Steg.
Die Dießener Turmuhr hämmerte die achte Stunde.
Mit der hereinbrechenden Nacht begann ein starker Regen.
In der Dunkelheit irrte ich mich in der Wegrichtung.
Über nasse Wiesen und holprige Felder fand ich zurück in die tönende Einsamkeit.

Die bleigefaßten Fenster in der Stube stammen aus dem alten Dießener Kloster.
Vielleicht haben Mönche dahinter fromme Gebete ersonnen.
Vielleicht vibrierten sie summend im Tedeum, das beim Gesang der Gläubigen die Orgelregister übertönte, jubelten mit im »Gloria« und sangen leise im »Agnus Dei« – »qui tollis peccata mundi«.
Nun aber trommelt mir der Regen ein »Miserere« an die klösterlichen Fensterscheiben.

Am Ammersee, Herbst 1931

An Jo
Für Frau Jo Weigert-Franziss

Wir begegneten uns im Frühling, im Atelier eines Malers, zwischen bunten, blumigen Mädchenbildnissen.
Vom »Zwiebelfisch« bis zur »Brennessel« überholten sich unsere Tage, und Du verkürztest im Kreise der Freunde Deine Nächte.
Wir wurden Geschwister.
In der Menge sprachen wir mit stummen Blicken.
Manchmal fliegen bunte Vögelchen, die Deine Briefe sind, in die Einsamkeit meiner Stube.
Einen Winter lang warst Du mein Kohlenengel.
Von Dir kamen die bemalten bayrischen Bauernblumen, im fein gerillten Glase.
Wir gingen einigen Sinnes aus der Ausstellung der »Juryfreien« durch den Englischen Garten, fanden dort wilde Jungen mit verlorenen Mützen, die sich an hängenden Ästen schaukelten und so die Zeit und ihre Eltern vergaßen.
Wir kamen an ein entwässertes Bachbett mit Spiegelscherben und Porzellanresten.
Alte Emailtöpfe und verrostetes Blech lagen zwischen den Steinen.
Die Blätter fielen.

Damals wohntest Du zwischen dem Gemäuer der Viktor-Scheffel-Straße, wo Deine geschickten Finger Schwabinger Silhouetten schnitten.
Im Winter war Dein Raum überheizt wie bei tropischen Blumen und gezähmten Tieren, die sich nach der sonnigen Hitze ihrer Wildnis sehnen.
Weihnachten verging.
Es verging ein neuer Frühling.
An sonnigen Sommerabenden verneigten wir uns vor der zunehmenden Mondsichel.
Wir konnten seilschwimmen, lachten und turnten, plauderten und sprachen von ernsten Dingen.
Aber nie hast Du gesungen.
Jo! – Wo sind Deine Lieder?

Komm zu mir, wenn Du müde bist.
Ich habe einen singenden Teekessel.
Mein Dachstübchen sieht aus wie eine Mönchszelle.
Über meinem Lager wacht der Engel des Südens.
In der Dämmerung dringt der Großstadtlärm nur geschwächter zu mir herauf.
Soldaten ziehen vorbei und singen Heimatlieder.
Flieger umsurren die Dächer.
Heinrich Heine meinte: »Die Zeit riecht nach Juchten.«

Laß uns noch einmal durch die herbstlichen Felder wandern.
Vielleicht finden wir bei der alten Mühle noch einige Grüße des Spätsommers.
Aber bald müssen wir Moosblumen für unsere Fensterfugen machen:
Denn es wird Winter.

München-Schwabing, Spätherbst 1934

Pariser Gewitternächte

In einer Pariser Gewitternacht ist ein Sklave von Michelangelo aus dem Louvre ausgebrochen.
Der Venezianer Demaria hat es gesehen.
Ein Blitz färbte die Wolken schwefelgelb, und der Sklave verschwand zwischen dem dunklen Gemäuer der Großstadt.

In jener Nacht begegnete Mignon Jo und Vinzenz.
Jo war Matrose, und Vinzenz nannte sich einen Soldaten.
Jos Vorfahren waren holländische Brillantenschleifer.
Vinzenz kam aus Amerika.
Sein Urgroßvater stammte aus dem Elsaß und war napoleonischer Soldat.
Vinzenz wurde Soldat aus Tradition.
»Ich bin ein Wallensteiner«, sagte er.
Er kannte die Aufstände von Mexico – den Weltkrieg – China und Abessinien.
Er war Flieger.
Aber er sagte einfach: »Ich bin Soldat.«
Wenn er erzählte, sprach er wie ein Dichter.
Er kannte Goethe und liebte Mignon.
»Sei ruhig – bleib ruhig, mein Kind!« sagte er, wie der Vater im Erlkönig.
Manchmal glich er einem Magister.
Dann ging er durch den Jardin du Luxembourg.
Mignon und Vinzenz verlebten einen Sommernachtstraum.
Auf die Grashalme von Walt Whitman ist Tau gefallen.
Schmetterlinge tranken ihn in der Frühlingssonne.

Jo, der einstige Matrose auf holländischen Fischkuttern, war in Paris stellungsloser Barmann.
Sein Nacken ging massig in den breiten Rücken über.
Er war nicht immer Herr seiner selbst.
Aber manchmal sagte er: »Heureka!«
Jo trank –
Massig – wie er aussah.

Vinzenz betrank sich mit Jo –
In einer Walpurgisnacht.
Jo und Vinzenz hatten viele Walpurgisnächte.
Jo und Vinzenz waren verkettet wie zwei Sklaven von Michelangelo.

Mignon sang ihr Lied:
»Und Marmorbilder stehn und sehn mich an – – –«
In einer Nacht tranken sie zu dreien.
In Mignon wechselten die Gefühle wie Fieberkurven.
Ein Dreiklang zersprang.
Jo blieb Jo.
Vinzenz wurde zum Wallensteiner – und Mignon zur Messalina.
Die beiden Sklaven vereinigten sich schlafend auf der Terrasse.
»Was hat man dir, du armes Kind, getan – – – ?«

Aber alle Walpurgisnächte haben ein Ende.
Die gewitterschweren Sommernächte sind vorüber.
Der Maler Demaria hat sich nach einer griechischen Insel eingeschifft.
Vinzenz ist mit einem Flugzeug nach Spanien.
Mignon geht durch Grashalme.
Jo ist verschwunden – – –
Und im Louvre herrscht gespensterhaftes Schweigen.

Paris, Sommer 1936

Der Madonnenmantel
Père Cerveaux und dem großen Dschou zugeeignet

Erster Tag

Undurchdringlich hängt der quecksilberne Dunst über der Großstadt und verbirgt mir den türkisblauen Himmel des lauen Vorfrühlings.
Leicht wattiert, mit schräg gestellten Karos abgesteppt, liegt ein Mäntelchen aus gelber Seide auf meinen Knien.
Ich sitze auf der Erkerterrasse bei Père Cerveaux und nähe Sternchen auf die gelbe Seide.
Meine Gedanken sind undurchdringlich wie der bleisilbrige Dunst unter dem Himmel.
Feine Hämmerchen trommeln aufs Fensterbrett, wenn hungrige Vögelchen gestreute Brotkrumen fortpicken.
So pickt und trommelt der Name »Maria Michael« durch mein Gehirn.
Fremd und wuchtig scheint mir die Dame im nördlichen Zimmer.

Ich denke an die Ereignisse der vergangenen Tage, an die Gespräche mit dem Dschou und an die Inzensation des Altares: »Setze, o Herr, eine Wache vor meinen Mund und eine Türe rings um meine Lippen, auf daß mein Herz nicht zu bösen Worten neige, um meine Sünden zu entschuldigen.«
Warum hat die fremde Frau mein Schweigen durchbrochen? Sie hat sich in das Feld meiner Gedanken gedrängt und steht darin unbeweglich und stämmig wie die Frau im Mond, mit einem Reisigbündel auf dem Rücken.
Will sie meine Gedanken verbrennen?
»O Madonna! Lehre mich schweigen!«
Geheimnisvoll umgibt mich der Nimbus der Madonna »Maria Michael«, deren Bild ich nie sah. Oft kniete ich vor ihrem Schrein in der dämmrigen Kapelle: »Hehre Königin des Himmels!«
Sternchen um Sternchen nähe ich auf die gelbe Seide: Wo bist Du, Madonna Maria Michael?
Immer wieder stellt sich die Frau im Mond vor Dein Gesicht.

Klabund

Ich werde fasten bis zum Abendessen für Dich: »Hehre Königin des Himmels, höchste Herrin der Engel ...«
Wieder kam der Anfangsknoten in den Nähfaden. Dreimal wurde er durch die Ösen geschlungen und wieder zwei Schlußknoten gemacht; Sternchen um Sternchen ...
Wo ist Dein Bild, Madonna? – Im Messingschild oder in der Glasvitrine? – »Hehre Königin des Himmels! Höchste Herrin der Engel!« – Weiter komme ich nicht. Immer wieder schleichen sich trübe, fremde Gedanken in mein Gehirn. – Ich wollte mir Details unseres sonntäglichen Spaziergangs vor die Seele rücken. Es ging nicht!
Die Dame im nördlichen Zimmer sieht die Sternchen auf der gelben Seide. Ein Lächeln lüftet den Schleier des Mißtrauens auf ihrem Gesicht.
»Also haben Sie doch die Steine so verstreut, wie ich Ihnen sagte!«
»Ja, ich bin Ihnen gefolgt!«
Madonna, lehre mich beten!
Ich setze Perlen in die Karos zwischen die Steine.
Es ist Nachmittag geworden.
Ein leichter Wind hat die Luft geklärt und abgekühlt.
Perle um Perle kommt auf die gelbe Seide.
»Ave Maria Klare! – Du lichter Morgenstern ...!«
Für heute ist sie fortgegangen, die Frau im Monde.
Morgen kommt sie wieder.
Kommt auch ihr, ihr hungrigen Vögel des Himmels, und trommelt mir den Namen »Maria Michael« in die Muscheln meiner Ohren.
Ich habe Kuchenkrumen für euch gestreut.

Zweiter Tag

Der Wind ist in den Quecksilberdunst gefahren.
Vögel sind gekommen und pickten trommelnd ihr Naschwerk vom Fensterbrett.
Wieder liegt der gelbe Mantel auf meinen Knien.
»Hehre Königin des Himmels!«
Stein um Stein – Perle um Perle.
Eine Mantelseite ist dicht besät.

Der Wind hat den Quecksilberdunst zerrissen.

Es wird kalt auf der Terrasse.
Ich flüchte ins nördliche Zimmer.
Dort ist die fremde Frau, und
wieder ist sie die Frau im Mond.
Es hat geklingelt.
Die Sonne reflektiert ihre strahlenden Lichtwellen bis ins nördlichste Bereich.
Père Cerveaux steht im Zimmer.
Der Mantel wird ausgebreitet.
Père Cerveaux' Stimme ist wie Samt.
»Erst war die Seide chinesisch gelb – jetzt ist sie mongolisch gelb«, so sagt er.
Der Staub des Althändlers ist einem Reinigungsprozeß gewichen; aber die Perlen und glitzernden Steine dämpfen den greller gewordenen Ton.
»Die brillantenfunkelnden Steine sind Rheinkiesel. Es sind reine Kristalle«, erklärt Père Cerveaux weiter.
O Madonna, möchten meine Gedanken für Dich so rein sein wie ein einziges dieser klaren Steinchen!

Der Fledermausmantel wird aufgelegt. Er ist aus weißem und schwarzem Samt, mit geschliffenen Metallkügelchen und Rheinkieseln besät. Er hat den Schnitt von ausgebreiteten Fledermausflügeln. In der ovalen Halbrundung des Saumes bilden sich zwischen den Zacken sechzehn Halbmonde.
Auch dieser Mantel soll das Bildnis der Mutter Gottes schmücken.
Die schwarzsamtenen Monde sind eingefaßt mit roter Seide.
Das azurblaue Futter aber reicht nicht an die Halbmonde heran.
Deshalb machen mir diese Monde viel zu schaffen.
Auch sie steht wieder da, groß und sieghaft, die Frau im Mond.
Sie, die mein Gefühlsleben beherrscht vom ersten Atemzug an.
Sie ist die Herrin meiner trotzigsten Oppositionen. Mein durch sie beherrschtes Benehmen hinderte die Erzieherinnen von Burghausen, meinen Namen auf die Ehrentafel zu setzen. Durch ihre Vorherrschaft konnte ich kein Marienkind werden. Die Nonnen verwehrten mir das türkisblaue Band mit der silbernen Medaille der Unbefleckten Empfängnis, das blaue Band der apokalyptischen Herrin, mit zwölf Sternen über ihrem Haupte. Der Mond zu ihren Füßen ist ihr untergeordnet. Sie hat die Frau im Monde besiegt.
Auch ich soll mein Gefühlsleben beherrschen lernen, um den Sieg

über die Frau im Monde zu erringen. Dort steht die fremde Frau, gesandt zu meiner Prüfung, und ich kämpfe zwischen meiner himmlischen Mutter und der Frau im Mond.
»Aber Marietta«, sagt Cerveaux' samtene Stimme besänftigend: »Die blauen Zacken müssen den schwarzen Rand der Monde nicht erreichen. Man kann sie oberhalb leicht anheften und hinter die scharfen Zacken setzen wie ein weiches Plissee.«
O du gütiger und weiser Pädagoge! Ich weiß dir Dank aus reinstem Herzen.
»Es muß ja nicht alles so gemacht werden, wie man es sich in den Kopf gesetzt hat. Die Entscheidung wird immer von einer höheren Macht getroffen.«
Und während sich Cerveaux zur Türe wendet, sagt er lächelnd: »Du bist ja doch ein Marienkind!«

Dritter Tag

Der Wind hat den Quecksilberdunst über der Stadt vertrieben.
Die Sonne strahlt vom klaren Himmel.
Die fremde Frau ist abgereist.
Auf purpurne Gaze wird kostbare Goldspitze gesetzt. Der gelbe Mantel wird umrandet. Die Töne singen in der Sonne:
»Ave Maria Klare,
Du lichter Morgenstern,
Dein Glanz, o Wunderbare,
verkündet uns den Herrn.«

Vierter Tag

Der Himmel hat seinen türkisblauen Mantel ausgebreitet.
Die erste Schwalbe nistet unter der Dachrinne der Marienburg.
Morgen ist das Fest Mariä Verkündigung.

25. März

Seitdem ist der Dschou mein Gebieter. Er ist der Prüfer und weiß um die Mondfrau. Er wird dem Wang Bescheid sagen, ob ich mir das azurblaue Band der Himmelskönigin verdiene.

Wir haben Chinesisch gelernt. Père Cerveaux ist der Wang in der Marienburg.
Zum großen Marienfeste überreicht er mir die Medaille der Unbefleckten Empfängnis.

München, Marienburg 1940

Erinnerungen an die Marsstrasse

Schneeflocken fallen langsam und unermüdlich.
Sie fallen auf Straßen und Dächer seit Tagen und Nächten, bedecken Türme und Kuppeln und die Fußspuren vorbeigegangener Menschen.
Kriegsgefangene Kalmücken rollen schneegefüllte Karren zu den Kanaltrichtern der Stadt.
Einer von ihnen verlor ein dünnes Lachen im Vorübergehen.
Ich habe es aufgefangen und der Madonna vom Herzogspital gebracht.
Schneeflocken fallen in geräuschloser Reinheit, Jammer und Leid zu bedecken.
Wie Gebetsmühlen rollen Kalmücken Schneekarren auf Riesenrädern vorwärts mit asiatischem Gleichmut.
Entfernt und unwirklich scheint das Toben des Krieges, bis warnende Sirenen wieder an die Schwelle des Jenseits rufen und uns hinunterjagen in die modrigen Keller.
Und immer weiter drehen sich die Räder menschlicher Schicksale. Manchmal aber rollt eines aus Zeit und Raum hinaus in die Bereiche urewigen Seins.

München, 1943/44

Ringelnatz

Die Silberpappeln
Brief aus dem Rottal für Herrn Mauritius

> »La Marietta la Marietta
> va in campagna
> finché il sol tramontera,
> chi sai quando, chi sai quando
> ritornera?«

Eine Allee von zweiundvierzig Silberpappeln zieht ihren halbrunden Gürtel um die östliche Peripherie einer Ortschaft im Tal. Novemberstürme schütteln gelbe Herzen von den Bäumen. Starkes Astwerk und Gezweige schützen das Dörfchen vor eisigen östlichen Winden im Winter.
Ehe die ersten Knospen treiben im Vorfrühling, hat man ihrer sieben gefällt. Die Stämme wandern in die Brettersäge. Äste geben Sterholz. Zweige und Reisig werden zu Haufen geschichtet und an die Bevölkerung verteilt.
Das Holz duftet aus den Öfen.
Im Herbst soll die ganze Allee umgelegt werden.
»Schade um die schönen Bäume!« sagen die Frauen.
»Die sind ja noch schöner als der Kirchturm!« sagt die Resi. Die Resi ist meine Hausfrau. Bei ihr wohne ich am Marktplatz.

Herr Fichtinger aber ist ein alter, erfahrener Gerichtsherr. Seine Villa steht am Anfang der Allee mit den Silberpappeln.
Der sagt: »Das Holz wird nicht besser. Die Bäume sind schon zweiunddreißig Jahre alt. Vier Jahre können sie höchstens noch leben – länger nicht! – Mit diesen Silberpappeln ist es nicht wie mit edlen Hölzern. Eine Tanne im Wald braucht hundert Jahre, bis sie groß wird. – Fürs Haus sind sie ja nicht gut – die Silberpappeln. Sie machen das Dach kaputt. Wenn der Wind durch die Äste fährt, schlägt er die morschen Zweige von den Bäumen. Die werden aufs Dach geschleudert und zerbrechen die Dachplatten. Man hat dauernd Schäden zu reparieren.«
Fichtinger ist fünfundsiebzig Jahre alt. Er ist ein Mensch. Aber er gleicht einer Tanne. Schlank und rüstig, verrichtet er seine jahrelang geübte Gartenarbeit. Er sät die ersten Frühlingsblumen.

»An Stelle der alten Pappeln werden wieder junge Bäumchen gepflanzt.«
Fichtinger erzählt es nach einiger Unterbrechung über den Gartenzaun: »Ich sehe nicht mehr gut«, sagt er. »Ich habe eine Netzhautverdichtung.« Er legt immer größere Pausen ein zwischen seinen Sätzen: »Da ist nichts zu machen«, sagt er schließlich, »meine Frau ist taub.«
»Wer sein Schicksal verstehen lernt, dem wird auch das Leid zum Nutzen«, versuche ich zu trösten.
Fichtinger stimmt bei: »Glücklich der ewig Hoffende! – Eine Enttäuschung nach der anderen ist immer noch besser als nicht enden wollende Schwarzseherei, schreibt der Ganghofer. – Jeden Tag sage ich das zu meiner Frau.«
»Wie schön, daß Sie das tun«, meine ich.
»Aber es hilft nichts – – –« resigniert Fichtinger.

Wieder redet Fichtinger von den Silberpappeln:
»Als mein Vater noch lebte, vor dem Kriege 1914/18, kam ein kleiner Herr auf das Amtsgericht. Er war ein Sonderling. Jeden Abend machte er seinen Spaziergang durch die Pappelallee.
Mit Entsetzen vernahm er eines Tages, daß die Bäume gefällt würden: ›Diese schönen, alten Bäume!‹ stöhnte er: ›Das ist ein Verbrechen!‹
›Aber Herr Amtsrichter,‹ sagte mein Vater, ›die Bäume werden ja nur sechsunddreißig Jahre alt. Die ganze Allee ist erst gepflanzt worden, als der Bahnhof hierher kam.‹
›Glauben Sie das nicht!‹ sagte der Sonderling. ›Das sind uralte Bäume!‹«

Friede deiner Asche! Kleiner Herr Amtsrichter! Du bist uns vorausgegangen in die uralten Wälder der Seligen.
Und du, guter Herr Fichtinger – wie lange kannst du noch leben? –
Mit deiner tauben Frau?
Hast du dich vorgesehen mit dem Edelholz einer hundertjährigen Tanne, oder liefert dir eine Silberpappel dein Sargholz im Spätherbst?

Sieben Wochen sind seit dem Gespräch vergangen.
Ungehindert scheint die Sonne vom wolkenlosen Himmel.
Ein Märchenfrühling hat unsere Herzen aufgeschlossen.
Anemonen und gelbe Blumenkelche leuchten aus Fichtingers Garten.

Ein wahrer Blütenzauber hat die Landschaft verwandelt.
Wir feiern das Fest der Auferstehung.
Am Gedächtnistage des heiligen Markus zieht der Pfarrherr mit einer Prozession hinaus durch die Felder und erfleht mit seiner Gemeinde den Wettersegen des Himmels.
»Löse, o Herr, die Netzhautverdichtung vor unsern geistigen Augen und schenke uns die Kraft uralter, unverdorbener Bäume!«
Eine Allee von fünfunddreißig Silberpappeln zog ihren halbrunden Gürtel an der östlichen Peripherie einer Ortschaft im Tal.

Rottalmünster, Winter 1945/46

Ilse Witt

Wir leben in der Kornkammer Bayerns, im gesegneten Tal der Rott, wo satte Sommer goldene Ährenfelder über Hügel und Ebenen breiten.
Unsere Uhren aber sind abgelaufen – Kirchenglocken bestimmen wieder die Tagzeiten wie einst im Mittelalter.
Am 52. Sonnentag des Jahres, der zwischen dem Weihnachtsfest und der Jahreswende eingebettet liegt wie Sand im Flußbett, kam sie in meine Stube am Marktplatz.
Die Glocken läuteten zum Rosenkranz.
Weiß auf Schwarz lag der runde, weiche Kragen um ihren Hals geschmiegt.
Ein schwarzes Samtbarett umrahmte ihr bleiches Gesicht, das mir ein zwiespältiges schien.
Einmal lachte es und war rund wie Luna in Vollmondnächten.
Schwarze Onyxkugeln leuchteten aus dem Reiche der Isis.
Dann aber war es entschwunden – weit weggegangen – ein anderes hatte sich eingehüllt wie ein Schleierfisch – und schaute mich nicht an – und ich konnte seinen Blick nicht finden.
»Ilse Witt! – Ilse Witt!« – zirpte ein Vogel vor dem Fenster. Ein goldenes Kapselmedaillon lag schützend auf ihrer Brust wie ein Talisman.
Ägypter haben Vögel in das Innere ihrer Sarkophage gemeißelt, damit die Seelen der Verstorbenen frei werden und wissen lernen, daß ihre Heimat außerhalb des Bannkreises dieser Erde liegt.
»Ilse Witt! – Ilse Witt!«
»Erschienen ist die Güte und Menschenfreundlichkeit Gottes«, lautete der gedruckte Weihnachtsgruß, den sie mir überreichte wie eine griechische Christin in der Katakombe.
Beim Aveläuten verließ sie mich.
Eine rote Weihnachtskerze trug sie durch die Dämmerung hinab in ihre Mansardenklause beim Schornsteinfeger.
Dort wird sie einen Tannenzweig schmücken und »Das Licht wird leuchten in der Finsternis«.
Ilse Witt zählt fünfundzwanzig Christnächte in ihrem Leben, die sich wie ein glitzerndes Band aus kristallenem Schnee um ihre Erinnerungen winden.

Ihr Weg führte sie aus dem Protestantenreiche des Berliner Bären in die Gefilde der Patrona Bavariae.
Ilse Witt ist krank und hat sich eingesponnen in die resignierte Melancholie einer Leidenden, die sie gefangenhält, auf daß die »anima sua« ihren Pilgerpfad finde und erkennen möge.
Beim Schein der Weihnachtskerze will sie fromme Lieder singen. Ich aber werde Vögel in den Schmuck ihrer Grabkammer meißeln.
Ilse Witt! Ilse Witt!
Wann besuchst Du mich wieder?

Rottalmünster, Silvester 1946

Lotte Pritzel

Für Arnold Weiss-Rüthel

»Wenn ich dorthin geh' – werd' ich traurig …«
So sagtest Du
Und gabst mir den Gedanken
Als Erbe mit
Auf meinen Weg.

Nun bin ich weit gegangen,
Vor und zurück,
Und Deine Worte fangen
Erneut zu sprechen an.

Sie rufen Namen,
Zeigen mir Gestalten
Und sagen Töne,
Die im Rauch und Lärm vergangner Tage
Dein Ohr nur hören kann
Durch den vergilbten Schimmer.

Aus gewesenen Nächten tauchen Lichter auf
Und flackern
Kleine Fackeln
Auf die Stirnen
Derer, die wir einst geliebt.

Wie Blumen duften ihre Namen
In unsern Alltag.
Es singt der Sturm ihr Lied,
Und weiße Flocken fliegen über Land.

Enichl, Mariä Lichtmeß 1949

Die Entstehung des Dadaismus

Fasching 1915 stand nicht im Schwabinger Kalender.
Es gab Freiwillige und Unfreiwillige.
Manche vertrösteten sich mit einem Blitzkrieg.
Einige aber meinten, daß es auch noch eine freie Schweiz gäbe.
Dieser Meinung war auch Marietta. Klabund aber bat sich aus, ihr den ersten Reisepaß ihres Lebens schenken zu dürfen.
Am 4. Februar 1915 traf sie in Zürich ein und fand ein bescheidenes Zimmer in der Stampfenbachstraße.
Bald begegnete sie Bekannten, und Szyttja wußte, wo man sich treffen konnte.
Zu »Baserba« in der Altstadt kamen Schweizer und andere Künstler, meist deutsch sprechende aus Österreich, Deutschland und Jugoslawien.
Baserba hieß der Besitzer einer spanischen Weinstube im Niederdorf.
Auch die Gesellschaft des »Nebelspalter« kam dorthin.
Jeden Donnerstag aber tagte sie mit dem Cabaret »Pantagruel« im Zunfthaus Zur Waag.
Man hieß Marietta willkommen.
Szyttja wußte in der Spiegelgasse ein geräumiges Lokal hinter dem Holländerstübli, das sich die »Meierei« nannte und als Kneiplokal zu vergeben war.
Es würde sich auch gut als Cabaret eignen, meinte Szyttja.
»Woher aber die geeigneten Kollegen holen?« dachte Marietta.
Am 20. Februar wurde die »Bonbonnière« in der Bahnhofstraße eröffnet.
Marietta war als Mitglied vom Münchner Cabaret »Simplicissimus« mit im ersten Programm.
Mitte Mai tauchten Hugo Ball und Emmy Hennings in Zürich auf.
»Gut, daß ihr da seid!« rief ihnen Marietta begeistert entgegen.
»Wir können sofort ein Cabaret aufmachen. Wann habt ihr Zeit? – Ich will euch hinführen. Spiegelgasse 1.«
Der Wirt vom Holländerstübli hieß Ephraim und hatte einen prophetischen Vollbart.

Die »Meierei« wollte er uns unentgeltlich überlassen und versprach zehn Prozent vom Umsatz.
Er würde unsere Gäste selbst bedienen, wenn keine andere Bedienung zur Hand wäre.
Auch könnten wir Eintritt nehmen, wenn wir wollten.
Das war also klar.
Wir begannen den Raum zu schmücken.
Podium und Klavier waren vorhanden.
Grüne und rote Lampenschirme hingen von der hohen Decke.
An die Wände hefteten wir Zeichnungen oder Reproduktionen von namhaften modernen kubistischen oder futuristischen Künstlern.
Vater Ephraim sah das gerne und half uns, wo er konnte.
Hugo Ball sprach von der »Archipenko-Puppe« und erzählte in einem anderen Gedicht:

> *»Bambino Jesus klettert auf den steilen Treppen,*
> *Und Anarchisten nähen Militärgewand.«*

»Totentanz 15/16«, einen selbstverfaßten Text, ließ er auf Postkartenformulare drucken und an den verschiedenen Tischen auflegen.
Allabendlich wurde der Text mit Klavierbegleitung gesungen nach der Melodie: »So leben wir – so leben wir und leben alle Tage – –«
Der Text begann:

> *»So sterben wir, so sterben wir*
> *Und sterben alle Tage,*
> *Weil es so gemütlich sich sterben läßt.*
> *Weib und Kind verlassen wir,*
> *Was gehen sie uns an?*
> *Wenn man sich auf uns nur verlassen kann.«*

Hugo Ball spielte Klavier und sprach eigene Gedichte.
Die »Meierei« aber machte er zum »Cabaret Voltaire«.
Emmy Hennings sang Lieder von Aristide Bruant, die der Dichter und ehemalige Reichstagsstenograph Ferdinand Hardekopf aus dem Französischen übersetzt hatte.

Gerhard Pagel

A la Villette

Er war ein achtzehnjähriger Fant,
Hat seine Eltern nie gekannt.
Man nannt' ihn Toto la Ripette,
A la Villette.

Er war ein bißchen ungeniert,
Hat viele Mädchen schon verführt.
Er hat sie all in seinem Bette,
A la Villette.

Am Tage schlief er selig und
Führt abends bummelnd seinen Hund,
Und nachts, da hat er seine Stätte,
A la Villette.

Sein Anzug war nicht grade schick,
Doch ihn entschädigte zum Glück
Die süße Mütze, die Casquette,
A la Villette.

Er schlug mich manchmal braun und blau
Und schmeichelt dann: »Du süße Frau,
Du bist das beste Stück Kotelette,
A la Villette.«

Ich liebt' ihn wie mein Lebenslicht
Und liebt' ihn heut' noch, wenn es nicht
Die Polizei gegeben hätte,
A la Villette.

Als ich zuletzt ihn sah, mein Gott,
Da schleppten sie ihn aufs Schafott,
Sah seinen Kopf in der Lunette,
A la Roquette.

Emmy Hennings war in Flensburg geboren.
Dort starb in diesen Tagen ihre Mutter.
Eines Abends kam ein reizendes, dunkelhaariges Töchterchen von Emmy angeweht. Es war ein noch schulpflichtiges, erwachsenes Kind.

Nach vielem Reden und Bestaunen sollte ihm Marietta die Haare schneiden – und tat es schließlich auch.
Emmy Hennings war von einer religiös versponnenen Poetik. Manchmal sprach sie eigene Gedichte, von denen zwei erwähnt sein sollen:

ÄTHERSTROPHEN
Jetzt muß ich aus der großen Kugel fallen,
Dabei ist in Paris ein schönes Fest,
Die Menschen sammeln sich an Gare de l'Est,
Und bunte Seidenfahnen wallen.

Ich aber bin nicht unter ihnen.
Ich fliege in dem weiten Raum
Und mische mich in jeden Traum
Und lese in den tausend Mienen.

Es liegt ein kranker Mann in seinem Jammer.
Mich hypnotisiert sein letzter Blick.
Wir sehnen einen Sommertag zurück.
Ein schwarzes Kreuz erfüllt die Kammer.

KINDERGEDICHT
Mein Jugendhimmel, eine Glocke aus Glas.
Wir trugen Florentinerhüte.
Auf Kinderhände fiel Kirschenblüte,
Schneeflocken fielen weich und naß.

Die Berge Jütlands und blaue Heide,
Und in Vaters Hof fielen manchmal die Sterne.
Da erzählte der Seemann von einer Taverne
Und bunten Mädchen in leuchtender Seide.

»Na, Mädel, willst du mit? – Sag ja!«
Matrose gab mir einen Kuß,
Weil morgen ich verreisen muß.
»Schön sind die Mädchen von Batavia.«

Marietta rezitierte moderne Lyrik, von Christian Morgenstern, Alfred Lichtenstein, Klabund, Gottfried Benn, Georg Heym und anderes mehr.

Zwei Rumänen, Marcel Janko und Tristan Zara, wiederholten ihre abendlichen Besuche und gesellten sich mit dem Elsässer Hans Arp zu uns. Unerwartet war auch Richard Hülsenbeck gekommen, den wir aus dem Münchner Café Stefanie kannten.
Russen kamen, die sich durch Gesänge mit uns anfreundeten.
Spagowsky, ein blonder, großer Nordrusse, begann zu singen: »Papra paprasnitschka – papra paprasnitschka – – – nemoiju.«
Verstohlene Fremde setzten sich lauschend an den langen Eingangstisch: Tief verschleierte russische Fürstinnen, Herren von der deutschen Botschaft, sogar Lenin saß einmal dort – schweigsam, ernst und versonnen.
Auch der Schweizer Schriftsteller I. C. Heer kam wohlwollend lächelnd mit Schlapphut, Vollbart und »Laubgewind«.
Klabund dichtete das Meiereilied, und Emmy Hennings sang nach seinem Text:

> »Wenn ich wandre nach Sibirien,
> Muß ich schwer in Ketten karren.
> Doch in holdesten Delirien
> Will ich schuften für den Zaren ...«

Es kamen Freunde, Gönner und Neugierige.
Weil wir keine echte Französin finden konnten, engagierten wir eine blonde Genevoise, die einige aktuelle französische Lieder sang in einem reizend bescheidenen Tonfall: »Près de la Porte de Saint Denis – – – jusque la porte Saint Martin.«
Eines Abends meinte Hülsenbeck, sie würde nicht zu uns passen. Hugo Ball aber antwortete: »Die brauchen wir zu unserm Kolorit!« – »Das ist unser Steckenpferd!«
Und prompt quittierte Marietta: »Unser DADA.« Sie hatte Steckenpferd ins Französische übersetzt, was vorerst nur die Rumänen begriffen hatten, die mit dem Elsässer losjubelten: »Jetzt haben wir einen Namen! – Wir haben ein Dada!« – »Wir machen hier Dada!« sagte Tristan Zara und begann mit Vorschlägen: »Wir singen und sprechen in allen Sprachen, die wir kennen, durcheinander. Und wenn es nur wenige Worte sind. Wir kennen ein rumänisches Lied mit dem Refrain: »Hirza – Pirza! – Hirza – Pirza! – Wir singen deutsch – französisch – russisch – holländisch – alles durcheinander – wir machen Synchronismus.«
Ephraim kam und wollte wissen, was uns so ereiferte und was wir vorhätten. Wie übermütige Kinder begannen wir es ihm durch-

einander zu erklären. Er begriff und half uns, wie er konnte. Er wußte ein arabisches Lied:

»*Tra – batscha – la muchere*
Tra ba – tscha – Bo – no
Maga – more – maga guerre
Maga mo – re – ta – no o o
umba – umba – um – umba!«

Am nächsten Abend stand eine dicke Trommel auf dem Podium. Emmy las Legenden hinter einer Rollwand. Das Podium war groß. Es hatte Platz für alle. Wir sangen und sprachen durcheinander und einigten uns im dumpfen Chor:
»Hirza – Pirza – Papra – Paprasnitschka – Um ba – Umba – nemoiju – maga – more – maga guerre – maga – mo – re – ta – nooooo!«
Einige Abende hatten wir einen tollen Tamtam, bis wir uns, die Ernsteren, selber nicht mehr ernst nahmen.
Auch ein Publikumserfolg war es auf die Dauer nicht.
Schließlich beschwerten sich Nachbarn über unsern nächtlichen Lärm. Ephraim meinte: »Die Trommel könnten wir ja wieder weglassen. Das taten wir gerne. Sie war uns ja schon von Anfang an viel zu groß erschienen. Außerdem müssen auch die mutwilligsten Feste einmal ein Ende finden.
Allmählich wurden wir wieder zahmer und leiser – die Chorgesänge gedämpfter.
Unser »DADA« verlangte ein extravagantes Kolorit:
Wir wollten keine Feinde! – Wir waren gegen den Krieg! – Alle Sprachen und Menschen wollten wir lieben! – Wir waren Bohèmiens! Unsere Devise: »Epatez les bourgois!« et »Vive le Dada!«
Mit der Zeit kamen weniger Gäste.
Unsere Einnahmen wurden geringer.
Notgedrungen gingen wir wieder auseinander.
»Dada« aber galoppierte in alle vier Winde. Denn schließlich wurde »Dada« zum Schlachtruf:

»*Jedermann sein eigener Dada!*
Jedermann sein eigener Korkenzieher!
und – Jedermann sein eigener Minimax!«

Tristan Zara galoppierte nach dem Montparnasse von Paris mit seinem Dada – wo es freudig aufgenommen wurde.

Auch in Genf tauchten gelegentlich »Vive le Dada!«-Rufe auf.
Richard Hülsenbeck ritt mit seinem Dada nach dem Berliner Westen, wo sich Hausmann zum Oberdada ernannte.
Die Zeitschrift »Der Sturm« veröffentlichte Dada-Gedichte.
In Dresden tauchten Dadaisten auf.
Zeitschriften, Zeichnungen und Holzschnitte entstanden.
Die Patin aber, die den Dadaismus aus der Taufe gehoben hatte, war wieder untergetaucht – im Zirkus des Lebens: »Hep!«
Hugo Ball verfaßte ein Gedicht:

> *»O Marietta – Kripistika!*
> *Thronkanapee im Serail von Sevilla!*
> *Du bist wertvoller als die juchzende*
> *Säubande von Hosenträgern,*
> *Deren Rüssel*
> *An deinem Bauch*
> *Zu schnuppern*
> *Gewohnt sein pflegt.«*

Willy Seidel

Klabund

Es war in München und Frühling.
Die Zeit rechnete mit dem Jahre 1914.
Für Theater, Literatur und Kunstgeschichte dozierte Professor Dr. Arthur Kutscher an der Universität.
Viele originelle Persönlichkeiten entpuppten sich unter seiner geistigen Führung.
Alfred Henschke befand sich unter den Seminaristen.
Er stammte aus Crossen an der Oder.
Erste Gedichte schrieb er auf Telegrammformulare.
Er schickte sie an die Zeitschrift »Pan«.
Alfred Kerr ermunterte den jungen Dichter.
Theodor Etzel war Herausgeber der »Lese«.
Er saß mit Henschke im Simplicissimus.
Marietta rezitierte dort und wurde vorgestellt.
Der junge Mann hätte Gedichte zum Abschreiben auf der Schreibmaschine.
Ob Marietta das machen wolle, denn für ein solides, perfektes Tippfräulein wären die Texte zu frei.
Das wollte sie, denn sie war auf Bechers Veranlassung Privatsekretärin im Verlag Bachmayr.
Tags darauf sollte sie die Gedichte abholen: Kaulbachstraße 68, im Gartenhaus parterre.
Das tat sie.
»Die Gedichte sind von Klabund«, sagte der junge Mann und las ihr einige vor. – Ob sie ihr gefielen?
»Ich verreise für drei Wochen. Wenn Sie fertig sind, liefern Sie die Manuskripte in der Ungererstraße ab, auf Nummer 5 im dritten Stock bei Doktor Groth.
Dort werden sie dann von Klabund abgeholt.«
Der junge Mann verließ mit Marietta das Haus.
Die Sonne schien.
Sie erreichten die Höhe der Veterinärstraße und gingen dem Gesicht der Universität entgegen.
An der Fontäne sagte Marietta: »Glaube, Hoffnung und Liebe nennen die Münchner diese drei Bauten. Glaube wird das Georgianum

mit den jungen Theologiestudenten genannt, als Hoffnung bezeichnet man die Universität – und das Mädcheninstitut an der rechten Ecke nennt man ›Die Liebe‹.«
Dort stand eine Blumenfrau.
Der junge Mann kaufte einen Nelkenstrauß.
»Ich glaube schon sehr stark, daß Sie selber der Klabund sind«, sagte Marietta.
»Warum meinen Sie das?«
»Sie sehen ganz so aus.«
»Nein, der Klabund bin ich nicht. Ich heiße Alfred Henschke. Der Klabund wohnt am Ammersee. Ich werde ihn dort besuchen.«
Beim Siegestor verabschiedete sich der junge Mann und überreichte Marietta seinen Nelkenstrauß.

Der Verleger Franziskus Seraphus Bachmayr war auf dem Internationalen Verlegerkongreß in Budapest.
Johannes R. Becher saß als Lektor im Verlag.
Marietta kam und setzte sich mit den Gedichten ins Nebenzimmer.
Becher erschien. »Was tust du hier?«
»Gedichte abschreiben – von Klabund.«
Das war Becher nicht recht.
Tags darauf ließ er den Schlüssel nicht bei der Nachbarin.
Marietta ging in den Hof.
Das kleinste Fenster der Verlagswohnung stand offen.
Ein alter Schneebesen fand sich in der Nähe.
Auf ihn gestützt, erkletterte sie den Mauerabsatz zum Hochparterre.
Von hier aus erreichte sie den Fensterrahmen, um sich mit den Händen festzuhalten.
So schwang sie sich in die Höhe und – es gelang: der zierliche Körper preßte sich durch das schmale Fensterchen.
Sie war im Verlag.
Marietta setzte sich an die Schreibmaschine.
Becher kam und brachte Dorka mit.
Mit ihr schloß er sich mehrere Tage und Nächte ein, erlebte ein Liebesdrama und schrieb seine erste Novelle: »Das Verhältnis«. »Die neue Kunst« nannte sich die feudale Zeitschrift, die es druckte.
Marietta machte in der Eile nicht nur Tippfehler, sondern verdrehte in ihrer Phantasie auch den Sinn mancher Textzeilen.
Immerhin: Das Manuskript wurde fertig: »Morgenrot! – Klabund! – Die Tage dämmern!«

(Madame Ringelnatz)
Muschelkalk

Marietta lieferte es ab.
Becher sagte dann in einem späteren Gedicht an Marietta:

»... *Die der Schwindsuchtsdichter leise streifte ...*
... Und Engel schütten dir den Schoß voll roter Marmeln ...«

Drei Wochen waren vergangen.
Marietta kam ins Café Stefanie.
Nahe rechts beim Eingang saßen Hugo Ball, Hans Harbeck und Alfred Henschke.
Die Begrüßung war heiter.
»Darf ich dir Klabund vorstellen?« fragte Hugo Ball.
»Den kenne ich schon seit drei Wochen.«
Man lachte hellauf.
Woher wohl das Pseudonym käme – wollte der Philologe Dr. Hans Harbeck wissen.
»Bei uns haben die Kinder einen Klabautermann – und Dichter hält man sowieso für Vagabunden. Aus der Anfangs- und Endsilbe beider Wörter habe ich meinen Namen gebildet«, sagte Klabund.
Man unterhielt sich über Anagramme: Jakob Davidsohn hatte durch Umstellung seiner Namensbuchstaben das Pseudonym »Jakob von Hoddis« gefunden.
Von der Bezeichnung »Decamerone« meinte Klabund: sie sei entstanden aus »Cento novelle de amore«. C ist gleich Hundert, von novelle sind nur der Anfangs- und Endbuchstabe genommen, und de amore steht vollständig da. Man braucht nur zwei Buchstaben umzustellen.
Hugo Ball, Marietta und Klabund trafen sich häufig. Sie machten Scherzgedichte zu dreien, welche man als Vorläufer des Dadaismus bezeichnen könnte. Kaum waren sie allein im Café Stefanie oder auch nach dem Abendessen im Garten der Max-Emanuel-Brauerei, holten sie ihre Bleistifte hervor, um gemeinsame Verse aufs Papier zu fechten. Dazu erfanden sie ein Pseudonym und sagten, es wären Gedichte von »Klarinetta Klaball«.
Eines dieser Gedichte lautete:

»*Ans Vaterland, ans teure, schließ dich an!*
Und halt ihn fest mit deinem ganzen Herzen,
Denn wer ihn nicht mehr halten kann,
Der kann ihn auch verschmerzen.
Verschmerzen kann er ihn jedoch

Bei Pommern und in Pasing.
Man fing ihn ein bei Biberoch
Und schrieb ihm einen Nekroloch
Bei Velhagen und Klasing.«

Der erste Gedichtband Klabunds war bei Erich Reiss im Druck erschienen.
In der Torggelstube am Münchner Platzl befand sich die historische Kegelbahn von Max Halbe.
Wenn auch nicht gerade von allen Anwesenden gekegelt wurde, so waren doch die meisten namhaften Autoren dieser Zeit einmal dort zu Gast gewesen.
So fügte es sich, daß auch der junge Dichter Klabund dort eingeführt wurde, der sich als Kutscherseminarist Alfred Henschke vorstellen ließ.
Nach der Kegelbahn wurden literarische Neuerscheinungen besprochen.
Diesmal hatte Klabund seiner freien Texte wegen Aufsehen erregt.
Er wurde an diesem Abend zum Gesprächsmittelpunkt:

»Klabund bemerkte eines Abends:
Das Geld allein, die Reichen haben's,
Indem er ein Café durcheilte,
Sich an Absinth und Weibern geilte ...«

Max Halbe, Alfred Henschke und einige andere Herren befanden sich bereits in der Ludwigstraße auf dem Nachhauseweg.
Trotzdem auch Frank Wedekind als Intimus von Max Halbe gelten konnte, wollte der Verfasser der »Jugend« doch nicht eine allzu freie Sprache anerkennen und griff den jungen Lyriker wiederholt an.
Einige Male wagte der Student Henschke, Einwände zu machen.
Das aber empörte Max Halbe, und schließlich sagte er wütend: »Schweigen Sie, junger Mann, Sie sind ja noch ein ganz grüner Junge!«
Henschke schwieg wirklich.
Als man sich aber später beim Siegestor verabschiedete, sagte er zu Max Halbe: »Entschuldigen Sie, bitte, Herr Doktor, wenn ich Sie durch meine Einwände erzürnt habe; ich wagte nur mitzureden, weil ich nämlich selber Klabund bin.«

Im »Bunten Vogel« spielte man einen Abend lang Kabarett. Ernst Moritz Engert hatte das Plakat gemalt. »Der rote Strich.«
Emmy Hennings sang Lieder von Aristide Bruant, in der Übersetzung von Ferdinand Hardekopf:

»... *Die Krankheit schien mir's gar nicht wert,*
Doch ist's die wahre.
Jetzt haben sie mich eingesperrt
In Saint Lazare.«

Schweigend saßen Klabund und Marietta im Zuschauerraum. Marietta war 1913 in Paris gewesen.
Viele ihrer starken Eindrücke hatte sie Klabund mitgeteilt auf den gemeinsamen nächtlichen Heimwegen durch die Pappelallee der Leopoldstraße. Mancher Nelkenstrauß war inzwischen verwelkt. Heute standen auf dem Tisch weiße Rosen.
Klabund notierte ein Gedicht:

MARIETTA

»*Kabarett zum roten Strich,*
Leise flog der bunte Vogel
Über Busch und über Kogel
Unabänderlich.

Du und ich – und dies und das
Unter Blumen auf dem Moose
Eine kleine weiße Rose
Nahmst du aus dem Wasserglas.

Einmal fand ich deinen Schenkel,
Kleine Rose milder Gier,
Große Mutter warst du mir,
Und ich war dir wie ein Enkel.

Dreizehn Jahre alt und jung,
Als wie wenn ich sterben müßte,
Nebel und Erinnerung,
Fiel ich zwischen deine Brüste.«

Später fanden sich die Verse in einem Gedichtband von Klabund: »Die Himmelsleiter.«

Der Sommer kam – und mit ihm die Hundstage. Der heiße August brachte den Krieg.

Die gewissenhaften Jungen aus dem Café Stefanie schwiegen oder schwankten zwischen vaterländischer Heldenromantik und Dostojewskischem Christentum.

Klabund dichtete ein Lustspiel: »Kleines Kaliber«, welches in den Münchner Kammerspielen aufgeführt wurde. Von drei Akten spielte der erste in England, der zweite in Frankreich und der dritte in Rußland.

In Erinnerung sind mir noch Verse aus einem Lied im dritten Akt:

> »*Väterchen braucht die Kosaken zu Attacken,*
> *Schabernacken.*
> *Hei! Wir woll'n dem Feind es gönnen,*
> *Wie Kosaken fiedeln können.*
> *Fie – ie-i – ie.*
>
> *Väterchen braucht seine Reiter als Begleiter*
> *Und so weiter.*
> *Seiner Generäle Huren,*
> *Welche in Karossen fuhren.*
> *Fie – ie-i – ie.*«

Anschließend an die Erstaufführung wurde im »Bunten Vogel« heftig über das Lustspiel debattiert, und jeder der anwesenden Kutscherseminaristen bemühte sich, irgend etwas Interessantes an dem Stück zu finden. Marietta aber schwieg. Plötzlich sagte Klabund: »Marietta hat ja überhaupt noch nichts gesprochen. Was sagt denn Marietta zu dem Stück?« – Und Marietta antwortete: »Was soll ich sagen? – Klabund! – Du sagst es ja selber: Kleines Kaliber!« Man staunte, lachte, und manche meinten: Das wäre die beste Kritik des Abends.

Noch aber war die Begeisterung nicht zu Ende. Klabund meldete sich als Kriegsfreiwilliger; aber der Stabsarzt schickte ihn nach Hause; denn Klabund hatte damals schon Kehlkopftuberkulose.

Das Cabaret Voltaire entstand im Mai 1915 in der Meierei des Holländerstübli in Zürich.

Kathi Kobus

Diesmal entpuppte sich Klabund als Hausdichter:

»*Zuweilen in der Meierei,*
Da trifft man Menschen eins und zwei,
Der Tische Decken sind kariert
Und auch die Reden, die man führt.

Die Lampen glotzen grün und rot,
Ein alter Herr frißt Butterbrot,
Ein junger kitzelt seine Magd,
Die ihren Sonntagsausgang wagt.

Die Emmy singt, Marietta spricht,
Zuweilen ist es ein Gedicht.
Ball spielt den Typerarymarsch
Und kratzt sich den Poetenarsch.

Ein deutscher Dichter singt Französisch,
Rumänisch klingt an Siamesisch.
Es blüht die Kunst. Hallelujah!
's war auch schon mal ein Schweizer da.«

Klabund kam wiederholt nach Davos. Dort fand er Irene.
In Locarno starb seine Jungvermählte am Kindbettfieber.
Sie nahm den Klabundschen Sprößling mit ins Jenseits.
An der südlichen Friedhofsmauer von Ascona warf man ihr einen Grabhügel auf, ihr, durch die Klabund mit seinen »Liedern an Irene« den Lorbeer der Unsterblichkeit errang.

Bei Schwanecke in der Rankestraße von Berlin zeigte Marietta ihren neuen Reisepaß dem Dichter Klabund.
»Mit so vielen leeren Seiten im Paß könnte man auf eine Weltreise gehen. – Schau, Klabund, wie viele Visas hier Platz haben!«
Die Pforte nach Frankreich war den Deutschen nach dem ersten Weltkrieg noch verschlossen.
»So möchte ich in die Südschweiz und reise zu meinem dreißigsten Geburtstag nach Zürich.«
»Ich komme nach. – Auf Wiedersehn, Marietta!«
»Leb wohl, Klabund!«
Zehn Monate verbrachte Marietta in Ascona.
Anfang Dezember kam ein italienisches Visum in ihren Reisepaß.

Kurz vor der Grenze von Chiasso legte sie diesen zurecht, dachte an Klabund und ließ die leeren Seiten fächerartig am Daumen der rechten Hand vorübergleiten.
Da wirbelte durch die Luft ein großer, weißer Schmetterling: Ein Zettelchen war's. – Woher kam es? – Durchs Fenster? – Es fiel ihr in den Schoß. – Sie nahm es auf – und las:

»Ich kam – ich geh,
Wo – hin – wo – her?
Ich fall – ich steh,
Viel – leicht – viel – schwer.

Ich steh – ich fall,
Ich werde sein.
Ich bin ein All,
Doch auch all-ein.
Für Marietta auf die Reise: Klabund.«

Klabund mußte es beim Abschied heimlich zwischen die leeren Seiten des Passes gelegt haben.
Über die italienische Riviera, von Ospedaletti bei San Remo über Rom, München und Berlin kam Marietta Ende Oktober 1925 nach Südfrankreich und befand sich im Jahre 1928 in Cassis.
Oft wanderte sie mit einem kriegsverletzten schottländischen Künstler durch die Pinienwälder hinüber nach Laciotta.
Dort begegneten ihr eines Abends zwei deutsche Maler in einer Bar und berichteten über Klabunds Heimgang in die ewigen Gefilde, nach Vollendung seines 37. Lebensjahres.
Sie überreichten ihr eine Schweizer Illustrierte, die zum Nachruf ein bis dahin unveröffentlichtes Gedicht mit dem Autogramm des Dichters abdruckte:

»Solang wir noch im Licht sind,
Wir werfen Schatten weit.
Erst wenn wir einmal nicht sind,
Sind wir vom Joch befreit.

Solang wir auf der Welt sind,
Es wechselt Nacht und Schein,
Erst wenn wir ganz erhellt sind,
Wird ewig Sonne sein.«

Begegnungen mit Joachim Ringelnatz

Vom Jahre 1907 bis zum Jahre 1912 war Hans Bötticher unter seinem Eigennamen Hausdichter in der Künstlerkneipe »Simplicissimus« in München, Türkenstraße 57, wo die Mucki mitternächtlich seine Simplicissimus-Hymne mit einem Kochlöffel vom Podium herunterdirigierte:

»*Wo sich zum gemeinen Wohle*
Künstler und Bohème trifft,
Wo die Kathi selbst zur Bowle
Mischt das tödlich scharfe Gift.«

In diesen kurzen fünf Jahren vergingen modische Zeiten: Man kam von der Straßenschleppe zur »Jupe de Rendez-vous«, vom »Cul de Paris« zum Hosenrock und vom »Ridicul« zur ledernen Handtasche. Reznicek zeichnete und illustrierte die galante Welt. Man sprach vom Halleyschen Kometen, vom Weltuntergang, flüchtete unter die blühenden Kastanienbäume beliebter Biergärten und erfrischte oder betäubte sich beim Maibock.
Nach der Jahreswende 1912/13 verkaufte die berühmte Kathi Kobus den Simplicissimus in seiner Hochkonjunktur.
1913 wurde Bötticher immer noch als Hausdichter gefeiert, war aber nicht mehr unter den Auftretenden. Er kam noch häufig als Gast, verhielt sich beobachtend und schweigend oder willkürlich und schalkhaft. »Ich heiße gar nicht Bötticher – ich heiße eigentlich Ringelnatz«, sagte er zu Marietta, die ihm das nicht glauben wollte und seine Äußerung für einen schlechten Scherz hielt. Auch war er der einzige Herr, der sich gewohnheitsmäßig der Damentoilette bediente. Als die Wände dieses kleinen Kabinettchens schon allzusehr mit Zeichnungen und Inschriften verschmiert waren, ließ der neue Besitzer einen Sockel in schwarzer Ölfarbe anbringen. Die Wand darüber aber blieb weiß getüncht und wurde schnell wieder von neuem bezeichnet. So wuchs der schwarze Ölsockel denn bald über Mannshöhe empor. Jetzt mußte man schon auf das Brillenbrett steigen, wenn man überhaupt noch etwas darüber schreiben wollte. Zum Zeichnen war es schon nicht mehr möglich. Bald aber ent-

*Carl Loibl
von der »Brennessel«*

deckte ein wachsames Auge eine winzige Inschrift über dem Sockel. Marietta stieg auf das Brett und las folgende Zeilen:

»*Hier auf dem hölzernen Ring,*
Auf diesem olympischen Platz
Saß froh wie ein Schmetterling
Joachim Ringelnatz.«

Ringelnatz war ein eigenartiger Kauz mit ungewöhnlichen Einfällen. So legte er beispielsweise ein echtes menschliches Skelett ins Schaufenster seines Tabakladens und ließ es mit den knöchernen Fingern in ausgestreuten Zigaretten wühlen. Darüber war ein Schild zu lesen: »Warnung vor tödlichem Nikotin!«
Der Sommer 1914 machte manchem Schabernack ein Ende. Einige Menschen wollten und machten den Krieg, und dieser zerriß Familienleben und Freundschaften, schmiedete aber in der Folge Gleichgesinnte um so inniger wieder aneinander. Der Simplicissimus fiel in die Hände einer Weinhandlung, des Hotels »Bayrischer Hof«, und diese zitierte die Kathi Kobus auf ihren angestammten Posten zurück. Viele der Alten fanden sich nach dem Kriege wieder bei der Kathi ein. Sie hatten alle einmal von der Bowle, von Kathis behextem Gift, getrunken, das Bötticher einst mit folgenden Worten bedichtet hatte:

»*Im Hofe links steht eine Tonne,*
Am Himmel oben brennt die Sonne,
Und zwischen Tonne und dem Faß
Steht Kathi mit der Ananas.
Besagtes Faß enthält statt Bier
Aqua und H_2SO_4.
Und wenn (jetzt wird die Kathi blaß)
Der Schatten von der Ananas
Dann auf die Wassertonne fällt,
Dann – ist die Bowle hergestellt.«

Es kam auch Hans Bötticher wieder, der sich jetzt erst in der Öffentlichkeit zum Dichter Joachim Ringelnatz bekannte. Alfred Richard Meyer, Berlin, verlegte auf Bütten seine ersten Gedichte. Hier erschien »Die Schusterpastete« und »Kuttel Daddeldu« oder »Das schlüpfrige Leid«. Ungewöhnlich originell und amüsant waren seine »Turngedichte«, die Ringelnatz jetzt jeden Abend im Simplicissimus vortrug.

Marietta, die durch die Verlobung und Freundschaft mit einem Holländer den Simplicissimus mitsamt der Kathi durch einen Zuschuß von 10 000 Mark in den Weinen des »Bayrischen Hofes« schwimmen lassen konnte, saß mit der berühmten Wachspuppen-Lotte Pritzel und deren Gemahl, dem Arzt Gerhard Pagel und anderen Anhängern von Joachim Ringelnatz fast allabendlich im Simpl. Manches aus den Vorträgen des einstigen Hausdichters erschien der Kathi zu kraß, und es entspann sich regelmäßig vor seinem Auftreten ein Wortgeplänkel und Handgemenge um die »Seemannstreue«, das man aber mit der Zeit für unerläßlich und gut gespielt hielt. Manche verlangten die Gedichte nur, um ihren Spaß an dem Zweikampf zu haben, den die Kathi regelmäßig bei den verlangenden Rufen in Szene setzte. Junge Mediziner fanden sich ein, die durch ihre anatomischen Studien an manches gewöhnt waren, und forderten »Die Seemannsbraut«.

»Navigare necesse est.
Meine längste Braut war Alwine.
Ihrer blauen Augen Gelatine
Ist schon längst zerlaufen und verwest.«

Der damalige Münchner Dichterpreisträger Willy Seidel war verliebt in die »Ansprache eines Fremden an eine Unbekannte vor dem Wilbertforcemonument«, und gerührt waren wir alle, wenn der Dichter sagte:

»Das ist auch kein richtiger Scherz,
Ich bin auch nicht richtig froh,
Ich hab' auch kein richtiges Herz.
Ich bin nur ein kleiner unanständiger Schalk.
Mein richtiges Herz, das ist anderwärts,
Irgendwo im Muschelkalk.«

Ringelnatz hatte uns eine echte, lebendige Braut angekündigt. Wir waren gespannt und warteten. Eines Abends führte er sie uns vor. Eine Weile betrachteten wir sie stumm. Nach einigen zögernden Redewendungen stellten wir fest, daß sie uns gefiele – und flüsterten einander zu: »Das ist Muschelkalk!« – Dann bestätigten wir es laut, wie aus einer Kehle, und alle waren damit einverstanden. Seitdem war sie seine Frau geworden – und im November 1934 seine Witwe. Inzwischen war sie schon ein zweites Mal verheiratet und wieder Witwe. Aber immer noch heißt sie »Muschelkalk«!

Im Sommer 1931 kam Ringelnatz mit seinem Theaterstück »Die Flasche« und mit ihr auf Reisen wieder nach München. Ein heißer Hochsommer-Sonntag sank hinab in die Dämmerung des Abends. Zur Apéritifzeit konnte man vielleicht einige Bekannte im Osteriagärtchen antreffen. Marietta war auf dem Wege dorthin und fand Ringelnatz allein im Innern des Lokals. Gemeinsam leerten sie langsam zwei Karaffen Rotwein. Ringelnatz verlangte zu wissen, was in Mariettas Handtasche wäre. – Sie wehrte ab mit den Worten, daß nur allgemein Übliches dort zu finden sei. Nach einer Weile wies Ringelnatz auf eine gelbe Blume in seinem Knopfloch und sagte: »Ich liebe alle Menschen, die so eine gelbe Blume haben.« – Dann drängte er von neuem, daß Marietta ihre Tasche öffnen möge. – Diesmal gab sie nach – und – o Wunder! – Aus dem Inhalt leuchtete eine gelbe Kuhblume. – Seitdem ist diese Blume in Mariettas Herz und Album gepreßt.
Der Schluß eines Ringelnatz-Gedichtes auf die Löwenzahnblume möge diese Erinnerungen beenden:

»*O flöge doch aller unser Denken*
So frei aus – und so zart.«

Kathi Kobus vom Simplicissimus

Kathi Kobus! – Der Name flattert wie eine Fahne und taucht immer wieder auf wie eine Leuchtkugel – wie ein Signal! – Warum? – Weil die Begeisterung, der Enthusiasmus eines ganzen Münchner Künstlervolkes von drei Generationen und allem Zubehör, Mäzenatentum und Kameradschaft im Jubel und Freudentaumel mit der Kathi oder mit dem Simplicissimus verschwistert und verwachsen waren – und weil keiner glauben will, daß die Unbekümmertheit und Sorglosigkeit dieser Jahre vorüber und verraucht sind.
Kathi Kobus, geboren am 10. Oktober 1854 in Aschau, war eine Zeiterscheinung, die als Kind schon alles Lebhafte liebte und bei Raufereien im elterlichen Bierlokal bereits eine begeisterte Zuschauerin abgab.
Ob sie schön war? – Das konnte man im roten Dämmerlicht des Simplicissimus nicht so genau sagen. Aber ein markantes Gesicht hatte sie und eine Perücke, die ihr beim Bieranzapfen einmal herunterflog, um einen gedrehten dünnen Knoten roter Haare sehen zu lassen. Sie sprach nicht viel. Sie wußte wohl, daß sie kein großes Licht an Redegewandtheit war und daß gerade ihre Einfältigkeit die Anhänger im Banne hielt. Sie liebte die Geselligkeit und ließ sich bewundern. Charme hatte sie, viel Wärme im Tonfall ihrer Stimme – weibliche Reife verband sie mit kindlicher Naivität – und dazu sprach sie den bayerischen Dialekt, der bei allen Gebildeten und besonders bei denen nördlich der Donau so ausnehmend gefällt. Ihr Umgang mit den Gästen und die Art ihrer Begrüßung waren einmalig. Man fühlte sich wohl in ihrer Nähe.
Noch vor der Jahrhundertwende begann die Kathi ihre Karriere im »Deutschen Haus« am Lenbachplatz; dann kam sie in die »Dichtelei« in der Türkenstraße, wo Papa Geisler mit der Zeit und ihren zunehmenden Gästen der Kathi zu hohe Pachtgelder abverlangte. Aber die Kathi sprach mit ihren Gästen wie mit Brüdern. Künstler lieben das, denn sie sind alle eines einzigen Vaters und desselben Geistes Kinder. Sie wußten das Vertrauen der Kathi zu schätzen und machten ein neues Lokal ausfindig. Es war dies eine Kegelbahn mit zwei durch sie verbundenen viereckigen Räumen, großartig geeignet zu einem Vortrags- und einem Wirtschaftsraum.
Es wurde vorbereitet.

Am 1. Mai 1903 fand ein feierlicher Umzug statt.
Der Maler Hayduck schritt voran, bunte Bänder flatterten im mitternächtlichen Frühlingswind von seiner Laute. Er war Kathis erster Vortragskünstler, sang aber ganz unverbindlich zwischen den Reihen der Gäste, so daß die Wirkung eine improvisatorische war. Diese zwanglose Art behielt er auch im Simplicissimus bei. Aber noch sind wir beim Umzug: Die Kathi kam – stolz und prächtig im Oberlandlerkostüm. Ihre Stammgäste folgten mit brennenden Kerzen. Die Blütenstraße mußte überquert werden, und blütenprächtig war der Einzug in Kathis neuem Reich, in welchem sie 25 Jahre herrschte und residierte und den roten Mops mit der grünen Sektflasche im Schilde führte:

KATHI KOBUS
LA SIMPLICITA DER SIMPLICISSIMA
VOM SIMPLICISSIMUS

Unter großem Jubel, mit Champagner- und Sektbegeisterung brachte ein Maler das frei nach Th. Th. Heine imitierte Plakat mit dem roten Mops, und der Verleger Albert Langen überließ ihr nach einigem Dafür und Dawider den Namen Simplicissimus mit dem Plagiat des Plakates. Die Kathi wurde eine Königin in ihrem Reich. Sie war die gefeiertste Frau Münchens. Sie wurde Stadtgespräch. Namhafte Künstler überließen ihr Bilder und Zeichnungen gegen Zechschulden. Aktualitäten der Sänger-, Schauspieler- und Artistenwelt fanden sich bei ihr ein. Es kamen die Hoflieferanten, die besten Namen der Münchner Kaufmannschaft und die Sektfürsten vom Rhein. Ringelnatz dichtete, und der Hauskomponist Hugo Koppel intonierte in Variationen am Harmonium:

»*Hast du einmal viel Leid und Kreuz,*
Dann trinke Geldermann und Deutz,
Und ist dir wieder besser dann,
Dann trinke Deutz und Geldermann.«

Es kam der Adel, der bayrische Kronprinz und der Prinz of Wales. Champagner floß aus vollen Gläsern in die Eiskühler, wenn die Vortragenden genötigt wurden, weiter zu trinken und nichts mehr durch die Kehlen rinnen wollte. Hier sind viele zeitgenössische Berühmtheiten aufgetaucht: die Saharet, Eleonora Duse, La belle Otero, Yvette Guilbert und Isidora Duncan, die weltberühmte, die

in griechischer Tunika auf einem runden Marmortischchen tanzte. Dem aktuellen Dichter Frank Wedekind wurde ein Ehrenwinkel eingeräumt, und als er einmal sein in Wien verbotenes Lied vortrug: »Ich war ein Kind von fünfzehn Jahren ...«, ging die Kathi auf ihn zu und sagte: »Geh, sag lieber siebzehne!«
Königliche Hoheiten, Finanzgrößen, Graf Zeppelin, Dichter, Denker, Maler und ihre Matschackerl, Philosophen, Malweiber und schöne Frauen, alles kam zur Kathi:

> »Ist auch vollbesetzt das Zimmer,
> Fremdling, stoß dich nicht daran,
> Kathi Kobus findet immer
> Plätze noch für zwanzig Mann.«

Es verging der Kathi und des Simplicissimus große und größte Zeit vom Jahre 1903 bis 1913. Dann fühlte sich Kathi zu wohl oder zu angestrengt in ihrer Höhle. Sie verkaufte den Simplicissimus mit seinen bildgeschmückten Wänden, wurde das Opfer eines Häusermaklers und erstand auf diese Weise »Kathis Ruh«, eine große Villa in Wolfratshausen auf einem Hügel, wo nächtlicherweile noch manche Autos anhielten; man feierte weiter, bis der Krieg dem Treiben ein Ende machte und »Kathis Ruh« als Verwundetenheim dastand.
»Ja mei«, sagte die Kathi zu Marietta, die 1917 aus der Schweiz wiederkam, »der Gilardone hat ein Verwundetenheim draus g'macht; aber woaßt, Marietta, ois, wos recht is – mei'n Zaun hat er ma' hundsveigerlblau ogstricha!«
Kathi war noch während des Krieges 14/18 von ihrer Weinhandlung, die inzwischen den Simplicissimus erstanden hatte, zurückzitiert worden und ließ sich später zu ihrem 70. Geburtstag in der Wohnung über dem Simplicissimus ein Bad einrichten.
Am Festabend saßen wir in einem kleinen Bekanntenkreis nach der Sperrstunde am langen Tisch in der Ecke bei der roten Laterne, als vorne am Eingang geklopft wurde. Die Kathi drehte noch ein paar Lichter aus, so daß wir im matten Dämmerlicht saßen. »Seid's stad«, sagte sie, »und laßt's mi füri!« Kein Ton kam aus unseren Kehlen. Wir saßen wie versteinert. Den Gang hervor kamen zwei Schutzleute in Pelerinen, die sie behutsam öffneten und jeweils ein Veilchensträußchen hervorholten mit den Worten: »Fräulein Kobus, wir wollten Ihnen bloß zum 70. Geburtstag gratulieren.«
Kathi war keine Alkoholikerin, aber sie trank alles in sich hinein, das Leben und seine Freuden, alle freundlichen und fröhlichen Ge-

René Grossmann

sichter, alle Verehrung und alle bewundernden Worte bis zur Unersättlichkeit. Das Alleinsein mied sie wie einen Feind. Kathi hatte Budenangst und bummelte mit ihren Freunden und Gästen bis zum Morgen, Mittag oder Nachmittag des folgenden Tages durch.
Über ihr Liebesleben wußte man wenig. Ringelnatz hat ihr sieben Freier angedichtet. Man wußte vom Maler Asbé, daß er sein ganzes Geld im Simplicissimus verzecht hatte, daß er manchmal auf der hintersten Polsterbank übernachtete. Man weiß, daß Kathi Kobus ihn nach seinem Tode beerdigen ließ und daß die Pflege des Grabes als Klausel in den Simplicissimus-Vertrag eingesetzt war.
Woran sie eigentlich am Ende ihrer Tage erkrankte, wußte man nicht. Sie sei zuerst auf der Treppe gefallen. Mit einem geschwollenen Knie hätte es angefangen. Dann kam eine Fischvergiftung dazu; wahrscheinlich war die Hummermayonnaise nicht mehr frisch, die sie zuletzt gegessen hatte.
Ihre letzten Tage verbrachte sie im Schwabinger Krankenhaus. Kathi wurde blind und versuchte es zu verheimlichen. Gespenstisch geschminkt, mit schlecht sitzender Perücke erwartete sie ihre Besucher, die sie erst erkannte, nachdem sie mit ihnen gesprochen hatte, und manchmal kam auch dann noch eine Verwechslung vor. Kathi Kobus ist 75 Jahre alt geworden. Sie starb am 7. August 1929. Wie sie ihre letzten Tage und Nächte im einsamen Krankenzimmer verbrachte und woran sie in ihrer Blindheit dachte, das war ihr Geheimnis, und sie nahm es mit ins Grab.
In welchen Bereichen sie sich im Jenseits aufhält, würde ihr einstiger Stammgast Schrenk-Notzing sicher durch eines seiner Medien auszukundschaften versucht haben; wenn er sie überlebt hätte. Möglicherweise aber gibt es über alle Modeschnörkel der Zeit hinweg noch einige fromme Herzen, die für Kathis Seele beten. Mary Irber tut es bestimmt. Emmy Hennings tat es auch. Auch glaube ich es von Annie Trautner und von mir. – »Oder schämst du dich vielleicht etwa?« würde Ringelnatz fragen.
Vielleicht greift Kiaulehn meine letzten Worte auf und nimmt sie mit ins Schmunzelkolleg, wo in den Weihnachtstagen Münchner Kinder mit goldenen Herzen sitzen, und erzählt ihnen etwas vom Reiche der Harmonie. Wenn dann unsere Gebete angekommen sind in der Sphäre guter Gedanken, tragen sie Engel empor in einer klingenden Schale.

Rolf von Hoerschelmann

»Die blaue Distel«
im Weinhaus zur Brennessel

Als endlich eine Friedensposaune die Kriegsfanfaren 1914/18 zu übertönen begann, wählte der Kunstmaler Professor Josef Futterer ein Stammlokal Ecke Nikolai- und Leopoldstraße.
Verborgen hinter vierteiligen Doppelfenstern altdeutschen Stils, zeigte es, nach außen abgedämpft, in Blei gefaßte bunte Ecken und Längsstreifen aus Kathedralglas.
Der Straßenlärm sowie das Schienengepolter elektrischer Bahnen drangen nicht in das dämmrig verträumte Rauminnere, wo kalter Rauch in dichten, moosgrünen Filzvorhängen nistete und leichter Essiggeruch den nahen Weinkeller verriet.
Trotz des verdächtigen Geruches aber fanden sich jeden Mittwoch zur Dämmerstunde Pfarrherren von St. Ursula und Silvester ein, um jeweils den diesjährigen reinen Traubenwein »Sine Cura« zu kosten, der für die Pfarreien zum Meßwein bestimmt war.
Carl Loibl hatte das ganze große Eckhaus mit Erkern und Zinnen samt Lokal und Keller vom früheren Besitzer im Jahre 1919 käuflich erworben; wobei das Niveau eines landläufigen Gasthauses in das eines Weinhauses gehoben wurde.
Professor Futterer stammte aus der Rheinpfalz und half dem neuen Wirt, seine Weine durchzukosten, die süßen wie die sauren. Eines Abends aber zeichnete er den Wirt in weinseliger Laune mit weißer Kreide an die dunkelbraune Wandvertäfelung, das Porträt als »St. Brennessel« bezeichnend, womit auch gleichzeitig die Lokaltaufe vorgenommen war.
In ein Mischgewächs von Rettich und Brennessel zeichnete Futterer das weinselige Gesicht des Wirtes, ließ oben die stilisierten Haarstoppeln herauswachsen und nach unten einen spitz zulaufenden, wurzelverknoteten Vollbart sprießen. Darüber leuchteten im Strahlenbogen hingeweht die Buchstaben »St. Brennessel«.
Professor Futterer, der früher weinlaunige Nächte bei der Kobus-Wirtin im alten Simplicissimus verbrachte, fühlte sich hier als »Persona grata« und beherrschte somit ganz unbeabsichtigt den vorderen distinguierteren Raum der Brennessel.
Der Wirt hatte durch eine Holzwand die Schenke an der Nikolai-

straße in zwei ansehnlichen Fensterbreiten vom vorderen Lokal abtrennen lassen.

Hier tauchten allmählich zwischen Kutschern und Handwerkern die seltsamsten Gestalten auf, von denen man nicht wußte, wo und wie sie den Weltkrieg überdauert hatten. Fast konnte man annehmen, sie kämen aus dem Reich der Schatten, um hier wieder altbekannten, frohen und lebenslustigen Gesichtern und Getränken zu begegnen.

Der Münchner Dichterpreisträger Willy Seidel bezeichnete diesen Raum zum Unterschied von der Brennessel als »Blaue Distel«, und alle, die in der Münchner Kunstwelt Rang und Namen hatten, kamen hier durch: der damals mit »Bürger Schippel« aktuell gewordene Carl Sternheim und Ottomar Starke, sein Illustrator, der Rokokodichter Franz Blei, verschollene Lyriker, die einst um den »Sturm« und um die »Auktion« gruppiert waren, Maler, Bildhauer, Musiker, Schauspieler, Sezessionisten und andere.

Die berühmte Lotte Pritzl, die man auch die Puppenpritzl nannte, hatte mit dem Medizinmann Gerhard Pagel, mit Ré Grossmann und Hans Reichel ihr Zelt in der Türecke neben dem rückwärtigen Eingang aufgeschlagen, und Ernst Moritz Engert reihte seine Schwabinger Silhouetten als schwarzweißes Kollier an den Hals der Wandvertäfelung.

Freie Gespräche über neuzeitliche Malerei, Krieg und Frieden, Theater, Literatur und Musik – Ernstes und Heiteres wechselten hier in Wort und Farbe.

Zum Unterschied vom gut bürgerlichen Vorderlokal bezeichnete man die sogenannten Künstler der »Blauen Distel« als originell spinös oder freigeistig.

Dies aber war gerade der Freipaß, der auch den umsitzenden Bürgerlichen ein extravaganteres Benehmen erlaubte.

Hier war es auch einer kleinen, zähen Clique gelungen, in den späteren Jahren ein kleines Dezennium des sogenannten Dritten Reiches zu überdauern: Arnold Weiß-Rüthel trug als mutiger Redakteur das letzte Heft der »Jugend« zu Grabe. Georg Kannewischer, Doktor der Philosophie und Komponist, traf sich mit Papa Fürmann und dem Notenstecher Hans Peter Licht zum Rotspohn; und alle Heiterkeit wurde übertroffen, wenn der Bildhauer Emil Krieger auftauchte, um mit geringsten Mitteln Verkleidungsszenen vorzunehmen, nach welchen er eine Spülmagd, einen Chirurgen oder Kommersstudenten darstellte.

C. G. *von Massen*

Hatte sich dann zu einer Speisung noch eine Karaffe Rotwein eingefunden, so begann er in dankbarsten Kastratentönen seinen Gönner »Lo-o-o-i-i-i-b-e-e-l« zu besingen und zu preisen, den Rhythmus mit dumpfem Klopfen auf den Rücken des Gitarrengehäuses angebend.

Emil Krieger! Selten wurde so überzeugend und aufrichtig gelacht wie bei seinen spontanen, improvisierten Vorführungen.

In seinem zu ebener Erde gelegenen Bildhaueratelier hielt er eine Riesenschlange, die auf den Namen Sissi hörte. Auf sein Rufen kam sie in hohen Bogensätzen angesprungen, wenn es galt, Gläubiger oder Kassierer mit hohen Gas- und Lichtrechnungen einzuschüchtern; während er lange Nächte und trübe Tage an einer Riesenbasaltfigur bei stärksten Glühlichtlampen arbeitete.

Freilich konnte er nach Ablieferung der Figur, die ein Auftrag der Stadt München war, seine Rechnungen begleichen.

Der Tierschutzverein aber riet ihm, die Schlange an den Tierpark abzugeben, da dieser doch in einer normaleren und besseren Weise für seine Sissi sorgen könnte.

Carl Loibl aber zeigte ein echtes aus dem Sprichwort gegangenes »goldenes Münchner Herz«, dessen elterliche Heimstätte das Hotel »Bamberger Hof« beim Karlstor war.

Er glich in seiner großen behäbigen Gestalt mit dem gemütlichen Seehundsbärtchen im Gesicht einem wahrhaft Schenkenden. Loibl bestellte und kaufte Gruppenbilder, die in der Brennessel aufgehängt wurden, und ließ den Maler Gedon Faschingsdekorationen entwerfen, wobei München unter See so gut gelungen war, daß man die Dekoration gar nicht mehr abnehmen wollte.
Darunter schwankten und pendelten die weinseligen, weltvergessenen Gesichter, bis der Wirt das Aufbruchsignal gab mit den Worten: »Meine Herrschaften! An die Gewehre!«
Hier in der »Blauen Distel« kreiste der Freundschaftspokal beim Abschiednehmen und zum Wiedersehen.
Hier sammelte man für bedürftige Freunde, und manche Zeche eines geschwächten Kameraden war beglichen, ehe dieser seine dünne Börse zog.

Hier teilte man Freud und Leid.
Hier atmete eine Familie geistesverwandter, freudiger oder bekümmerter Seelen. Hier wurde musiziert, gesungen und rezitiert. Festliche Verse des Dichters Heinrich Leuthold ließ man vom Stapel, und frei trieb sie der Sturm der Begeisterung hinaus ins offene Meer, von stampfenden Wellen umschaukelt:

»Erhebet die Gläser und laßt das Schelten,
Die Welt ist blind.
Sie fragt, was die Menschen gelten,
Und nicht, was sie sind.

Uns aber laßt zechen
Und krönen mit Laubgewind
Die Stirnen, die noch dem Schönen
Ergeben sind.

Und bei den Posaunenstößen,
Die eitel Wind,
Laßt uns lachen über Größen,
Die keine sind.«

Mancher setzte sich ans verstimmte Klavier, oder die Gitarre wanderte von Hand zu Hand. Gustl Weigert, der Schauspieler, sang ein Lied seines Freundes Max Halbe:

»Vergilbter Klang überm See ...
Wo sind die Eltern und die Gespielen?
Wo sind die Freunde aus tollen Tagen?
Vergilbter Klang überm See ...«

Rolf von Hoerschelmann tauchte mit C. G. von Maassen auf und wußte lange Texte von La Paloma oder stimmte selbstverfaßte Seeräuberlieder an:

»Der alte Sa-Kra-Ma-Ruh«

oder Galeerenlieder des Mittelmeeres:

»Und immer mit dem Do-ria
Und immer mit dem Glo-ria«,

bis ihm auch noch sein romantisches Seeräuberliedchen einfiel:

»*Fahre – kleines Schifflein, fahre,*
Fahr durch sturmbewegte Jahre,
Fahr durch schöne, wilde, bunte, weite Welt!
Aber such dir einen stillen Hafen,
Wo wir nach der langen Reise schlafen
Und der müde Wand'rer seine Einkehr hält.
Denn es sehnt sich das Gemüt,
Daß die kleine Amsel pfeift,
Daß die dicke Dattel reift
Und die blaue Blume blüht!«

Hier lebte Puccinis und Murgers Bohème. Hier atmete das Christentum Dostojewskis. Und hier spürte man einen Hauch Walt Whitmans. Die Zeit aber und ihre menschlichen Einrichtungen haben wieder alles zerstreut.

Manche gingen und suchten vereinsamt ihre Wege. Futterer starb. Es verschied der Dichter Willy Seidel, und es starb Joachim Ringelnatz. Eine lange Totenlitanei wäre hier aufzusagen.

Es starb auch der Brennessel-Wirt, nachdem er die Künstlerschulden gelöscht oder nie gebucht hatte.

Mit der Entrümpelung wurden die Faschingsdekorationen abgenommen. Die schönen bleigefaßten Fenster aus Kathedralglas gingen in Scherben. Auch der Maler Gedon ist von uns gegangen – und schließlich lag die ganze Brennessel unter den Trümmern des Dritten Reiches.

Einer aber war mit einundsiebzig Jahren noch bei den Überlebenden: August Weigert, der einstige Hofschauspieler und Stammtischälteste der »Blauen Distel«, von welchem Karl Valentin beim »Fotografenspielen« zum Lehrling Liesl Karlstadt gesagt haben soll: »Was, die Aufnahm' is nix wor'n? – Na, der braucht nimma rei' kemma, den kenn' i' so guat, den fotografier' i' auswendi'!«

Aber auch Gustl Weigert ist hinübergegangen in die andere Welt, nachdem er uns die Schwabinger »Seerose« zum Vermächtnis hinterlassen hat.

»*Vergilbter Klang überm See ...*«

»Schwabinger Pass« oder
»Litanaia Schwabingensis«

Schwabing war ein kleines Dörfchen am Schwabinger Bach. Mit einer alten, kleinen Kirche, kleinen Häusern und Vorgärten an den Englischen Garten angelehnt, erweiterte es die nördliche Umrahmung Münchens durch seine Eingliederung in die Stadt zu Beginn der neunziger Jahre.
Das romantisch biedermeierhafte Aussehen des Örtchens entzückte jeden Besucher, und Schwabing wurde geliebt wie etwas, dessen Anblick unser Herz bewegt und unsere Atmung in freudige Erregung versetzt.
Ihm strömte ein geistiges Fluidum zu, das es vervielfältigt wiedergab, wodurch es bald über seine geographischen Grenzen hinauswuchs und sich ausdehnte wie die Wärme einer beglückenden Sonne.
Bald reichte es über die Pappelallee der Leopoldstraße hinauf und brach durch das Siegestor ein ins akademische Viertel, wo ihm Pallas Athene einen feierlichen Empfang bereitete.
Begeisterte Dichter und Malschüler bestätigten diesen Empfang im gegenüberliegenden Café Minerva mit nicht enden wollenden Toasten, denen sich Philologie- und Philosophiestudierende aus der nahen Universität anschlossen. Schwabing wurde zur Muse des nördlichen Münchens.
Es wurde insofern zum Isar-Montmartre, als es die Bedeutung eines Quartier Latin mit dem Bereich der Künste verwob. Umliegende Ateliers und Studierzimmer nahmen die Bezeichnung Schwabing freudig auf und gaben ihr das Geleit bis zu den roten Mauern des alten nördlichen Friedhofs.
Im Süden zog Schwabing seine Grenze an der Technischen Hochschule und bei den beiden Pinakotheken, lief durch die Theresienstraße ins Café Stefanie und hinter die Gärten der Ludwigstraße zur Kaulbach- und Königinstraße hinüber.
Im Osten empfing es der Englische Garten mit seinem Dichtertempel, dem Monopteros.
Noch vor der Jahrhundertwende dehnte sich Schwabing allmählich aus bis zum Ungererbad, zog eine nördliche Linie vom Biedersteiner Schlößchen durch die Herzog-, Karl-, Theodorstraße zum barocken Bamberger Haus im Luitpoldpark und reichte im Westen durch

Gärten und Wiesen wieder herauf zur Josephskirche, die um 1900 beim alten nördlichen Friedhof erbaut wurde.
Schwabing aber ist längst über diese örtlichen Bezeichnungen hinausgewachsen.
Denn Schwabing ist ein Pol für geistig gesteigertes Sein und Leben.
Es gibt kein Thema, dem Schwabing nicht gewachsen wäre. Schwabing ist nicht tot und wird nie sterben.
Schwabing ist international und spricht alle Farben, Töne und Sprachen der Erde.
Es liebt alles Exotische, Originelle, Neue und Fremde.
Schwabinger kann man nicht werden, Schwabinger muß man sein.
Beim Schwabinger ist ein gewisser geistiger Reifezustand Voraussetzung.
Man kann von dem Schwabinger in sich gar nicht gewußt haben und kann ihn plötzlich über Nacht entdecken. Schwabinger sein ist ein Geschenk der Götter und wird durch eine gütige Fee bei der Geburt eines Kindes in dessen Wiege gelegt.
Der Schwabinger ist kein Herdentier.
Unerkannt geht er durch Armut und Einsamkeit.
Unerkannt geht er durch den Luxus der Hochfinanz.
Und unerkannt geht er sogar durch Schwabing.
Er sitzt im Personenzug nach Tittmoning ebenso wie im Orientexpreß.
Manchmal heißt er Ré Grossmann und ist in Straßburg geboren, ein andermal stammt er aus Bremen, Kanada oder Ostindien. Hin und wieder erkennt ihn einer an seiner Haartracht, an einem Zitat oder einer Redewendung, vielleicht an der optimistischen Bewegung eines Mundwinkels oder an der Farbnuance seiner Krawatte.
Schwabinger sind Erdbewohner und Götterkinder zugleich. Schwabinger sein ist ein seliger Zustand, der keinen Platz hat in engen Gehirnen.
Es gibt wenig zeitgenössische Dichter und Künstler deutschen Ursprungs, die nicht den Zustand Schwabing durchlebt, durchwandert oder durchtaumelt hätten.
Kennen tun sie ihn alle.
Der echte Schwabinger hat Bekennermut.
Er hat den Mut zum Leben und zum Leben über das irdische Leben hinaus.
Der läuternde Wermutkelch wird ihm Trost und Allheilmittel.
Unbekümmert lernt er sein Schicksalsschiff steuern. Vorurteile werden über Bord geworfen.

Unwandelbar kennt und verfolgt er seine Richtung.
Vertrauen und Sorglosigkeit leuchten ihm wie führende Sterne. Als Schwabinger braucht man nicht in Schwabing geboren zu sein. Der Schwabinger ist an keinen Ort gebunden, und manchmal wächst er sogar über Raum und Zeit hinaus.
Freunde sagen dann: Er sei in den Olymp gegangen. Schwabing schläft nie ein.
Es hat dies unaufhörliche »Stirb und Werde« und ist vergleichbar dem Vogel Phönix, der in seinem Nest aus Myrrhen verbrennt und immer wieder neu ersteht aus seiner Asche.

Ernst Moritz Engert

Editorische Notiz

Der Text dieser Ausgabe folgt der Erstausgabe, Süddeutscher Verlag, München 1962. Zeilenfall, Orthographie und Interpunktion wurden beibehalten, offensichtliche Schreibversehen stillschweigend berichtigt.
Die Ausgabe enthält sämtliche Silhouetten der Erstausgabe, wobei auch hier Stand und Seitenaufteilung nach Möglichkeit gewahrt wurden.